【好消息】
我的不起眼未婚妻在家有夠可愛。
4
要進男生的房間，
讓人心臟怦怦跳……！
綿苗結花（學校）
樸素不起眼的同班女生。
在教育旅行下榻的旅館
為了見遊一，拿出勇
氣正要敲門！

綿苗結花（家裡）
最喜歡遊一的未婚妻！
跟三五好友一起去海邊
玩耍……
穿上可愛的泳裝，
在海邊玩個過癮！
在沖繩的海邊約會！

小遊，你有沒有好好……
怦然心動地看著我？

為了演唱會
——要不要拿減肥這個名目
試試看劇烈運動？——

一起運動！
我家姊姊
不管穿什麼都太可愛了！

隔著露天浴池的牆……

教育旅行的晚上。

我來到校方包下的這棟旅館的露天浴池。

各班級的入浴時間已經規定好，但在20點到21點間，想多泡一次的人可以自由使用露天浴池。

不過比起露天浴池，男生都更熱衷於玩樂，所以……男湯這邊只有我一個人就是了。

阿雅也一直在房間裡抽《愛站》的卡。

「呼……泡得好舒服啊。」

「——佐方同學？」

我正獨自享受泡澡，隔牆的另一頭就突然有個冷淡的聲音叫了我。

咦？剛剛這個嗓音是……

「綿苗同學？」

「……是我沒錯，怎樣？」

果然是結花。

只是，現在她是學校款的古板版本。

「佐方同學，你竟然朝女湯親熱地說話……真是禽獸。」

「不不不，是綿苗同學妳找我說話吧？綿苗同學，那邊只有妳一個人嗎？」

「是只有我一個人。所以呢？你是在想什麼色色的——」

「我也是一個人。」

「……呀～小遊～～！嘻嘻嘻，在浴池碰巧一起，根本是命中注定嘛～」

情緒的落差好誇張啊。

結花一知道我們兩邊都沒有旁人在，瞬間就切換過來，讓我忍不住笑出來。

「是小遊～～♪好開心喔～～♪」

對面傳來嘩啦嘩啦的潑水聲。

聽到這聲響，讓我不由自主地——想像起牆壁另一頭的結花。

她只有浴巾蔽體，全身赤裸的模樣。

坐在露天浴池邊，在沖繩的夜空下露出笑容……我想像著這種刺激性太強的結花。

「……欸，小遊？」

「什……什麼事？」

結花對妄想著這種念頭的我用撒嬌似的語氣……開了口：

「嗯……雖然要等我再多點勇氣才行啦，如果我們兩個人可以混浴，感覺一定會非常開心吧！」

——這孩子說這什麼會讓男人興奮死的話啦。

我佯裝傻眼，刻意嘆了口氣。

其實……我被她講得心臟怦怦跳得好厲害。這件事我不會告訴任何人。

寄予心願……
綿苗結花（聲優）
為遊一的推角配音的聲優
「和泉結奈」。
在戴上假髮變身前，誓言
要讓今天的演唱會成功！
第一次的現場演唱會

【好消息】

我的不起眼未婚妻在家有夠可愛。

My Plain-looking Fiance is Secretly Sweet with Me.

4

Kadokawa Fantastic Novels

彩頁、內文插圖／たん旦

c o n t e n t s

第1話　【閒聊】為了消除疲勞，我幫未婚妻按摩，結果……

發生很多狀況的校慶結束。

可能是累積的疲勞爆發了……翌日當我醒來，時刻已經比較接近中午，而不是早上。

我揉著惺忪睡眼，坐起上身。

奇怪……沒看到結花。她明明應該睡在我身邊的。

是已經起床了嗎？她比我還累，卻這麼早起啊。

我茫然想著這樣的念頭，下了樓梯，去到客廳。

結果——

「嗚～～……好～～痛～～喔～～……」

我看見了像條待宰的魚一樣整個人趴在沙發上不動的我的未婚妻——綿苗結花。

她身上仍然穿著平常穿的居家服，倒在沙發，一頭烏黑亮麗的長髮披在沙發上。

「結……結花，妳怎麼了？癱成這個樣子。」

「啊，是小遊……嘻嘻，早啊～～」

結花一發現我就天真地傻笑。

摘下眼鏡的結花眼角有些下垂，雙眼就像水晶球一樣閃閃發光。

結花這種與「天真無邪」四字再相配不過的笑容，和我所愛的推角——《愛站》的結奈一模一樣。

這就是大家說的，遊戲中的角色會像配音的聲優？

又或者是配音的聲優會愈來愈像遊戲中的角色？

不管是哪一種情形都一樣令人難為情，所以……我迅速把臉撇向一旁。

「嗚喵～～……好～～痛～～喔～～……」

結花則在我身旁發出小小的哀號。

「小遊都沒事嗎？昨天校慶，做了那麼久的外場……我全身都肌肉痠痛了啦……」

「不，我累是有累到，但沒像妳這麼嚴重……」

現在的結花與其說是肌肉痠痛，更像是身受重傷的人。

就像這樣，我有些肌肉痠痛，結花則是癱軟得無法動彈。

……等等，奇怪？

「對了，那由和勇海呢？還在睡嗎？」

佐方那由——因為老爸工作的關係而在海外生活的我老妹。

她有夠黏結花，這是好事，但對哥哥就老是說辛辣的難聽話，是個令人傷腦筋的親妹妹。

綿苗勇海——以女扮男裝型男Cosplayer的身分活動的結花的妹妹。

她明明很喜歡結花，但對結花保護過度，老是把她當小孩子看待，於是被罵而沮喪，搞得這一連串套路已經樣版化，是個令人遺憾的未來的小姨子。

這樣的兩人來參觀昨天的校慶，於是就在我們家過夜。

我和結花做完校慶的善後工作，回到家一看，兩人不到一個小時就一起在客廳裡睡著了。

「嗯～～我醒來的時候，她們兩個都已經不在了……今天她們都要回去，會不會是一起去觀光之類？」

「她們兩個一起出門？根本不可能吧……勇海的心靈會受到重挫。」

「嘻嘻～～的確～～」

結花回答時整個人仍然癱在沙發上。

接著對我露出笑咪咪的表情。

「可是，她們兩個不在……家裡就只有小遊和我了呢～～」

「……唔，嗯……」

不知道結花是不是累了……總覺得她全身都有機可乘。

不，我這個未婚妻平常就不設防，這我是知道。

話說回來，都癱軟成這樣卻還笑得那麼天真，發出撒嬌的聲音——我覺得這是犯規。各種犯規。

我也累積了疲勞，所以一個不小心理智就會被ＫＯ……我得全力維持住意識才行。

「欸……小遊。」

我才剛下定這樣的決心……

結花就帶著要融化似的眼神——對我輕聲細語。

「小遊你……按摩技術好嗎？」

「…………什麼？」

結花唐突地丟來這麼一個奇怪的問題。

「應該沒有特別好，不過我常幫那由按摩，該怎麼說……也不會不習慣吧？」

「咦～～小那好好喔～～哼～～」

她開始鼓起臉頰。

不不不，妳這樣怨懟地看著我又有什麼用。

話先說清楚，是那由動不動就找碴說：「啥？妹妹都累了，你不幫忙揉揉肩膀？好糟，全妹都會客訴你的。真的。」我嫌麻煩才會心不甘情不願地幫她按摩啦。

「那麼小遊，作為處罰～～請你也幫我按摩～～」

「處罰什麼啦！從剛剛說到現在，我是要被問什麼罪啦！」

「是羨慕罪～～以眼還眼，以牙還牙，以按摩還按摩。所以呢，快一點快一點～～贖清你的罪吧～～」

真是的，她今天撒嬌的情形比平常誇張啊。

也許是校慶忙得太累造成的反作用力，讓她撒嬌的力度比平常更高。

不過的確——我也認為結花在校慶真的很努力。

結花國中時的朋友關係出了狀況，很長一段時間……抗拒上學。

對這樣的她而言，要參加學校一大盛事的校慶，門檻多半比我想像中還要高吧。

然而……結花克服了這樣的過去。

直到最後，她都在角色扮演咖啡廳裡竭盡所能地接待客人。

看在屬於開朗角色的人們眼裡，也許會覺得她只是做了一些「普通」的事。

但這根本不「普通」。

結花真的——真的很努力。

就是因為知道這點……

「……好好好，只能一下子喔。」

我決定答應她這豈有此理的撒嬌。

因為我認為——那麼努力的結花得不到獎賞是不對的。

結花似乎沒料到我會這麼回答，臉頰染得通紅，開始忸忸怩怩。

「……咦？真……真的？咦，啊……好……好難為情……可……可是，這太令人開心了，所以！麻……麻煩你了……！」

——呃。

妳做出這種反應，連我都會難為情啦。

◆

「嗯……啊，那裡……」

「…………」

「啊唔……好……舒服……」

「…………」

「呼～～……這種感覺，我還是第一次……」

「好，結花，我們先禁止說話吧？」

「為什麼！」

結花以真心嚇一跳的表情回頭看我。

不，妳還問我為什麼。

告訴妳，如果只單看發言，根本覺得打官司都會輸啊。是一旦被放到網路上，就會社會性死亡的那種。

結花趴在沙發上，我則騎在她身上，手放在她的肩膀上。

當然，我沒做任何見不得人的事。絕對沒有。

我就只是答應結花的要求，幫她按摩而已。

但結花盡是發出怪聲……這樣聽起來就好像我們在「辦事」，辦某種不是按摩的事好嗎？雖然我不會說到底是什麼事。

「可……可是！小遊你的讓人家好舒服，忍不住就是會出聲嘛……小遊是笨蛋～～小遊是技術大師。」

「別這樣！我們是在說按摩吧！妳發言前先想一想好嗎！」

說得不是普通難聽。

搞不懂她到底知不知道自己的發言有多糟糕……只見她噘著嘴回答：「好啦～～」

接著坐起上身，傻笑著看向我。

「小遊，謝謝你！多虧小遊，我覺得舒服了些！可是，肩膀還有點痛……所以我還是貼個貼布吧～～」

「噢，如果要貼布，記得是在——」

我立刻起身，拿了櫃子裡的貼布過來。

接著就要遞給結花，可是……結花莫名地將手繞到身後拒收。

「……呃？」

「唉～～手手好像沒了耶～～這樣一來，也許就只能請人幫我貼了～～」

「手手沒了要去醫院啦……那是重傷好嗎……」

「那手手還在！在是在～～……哇啊～～感覺好重喔～～只有我的手承受劇烈的重力～～嗚哇～～貼不了貼布啦～～」

結花以怎麼聽都不像是現役聲優會有的徹底死板的演技展開一段莫名其妙的劇情。

這種不按牌理出牌的結花讓我傻眼，然而……

「好好好，知道了……要我貼哪裡啊？」

「嘻嘻嘻，謝謝小遊，你好體貼！」

真會得寸進尺。

我這個少根筋的未婚妻綿苗結花笑得天真無邪。

她這種模樣——還是會讓我從中看到我的推角，由她配音的結奈的影子。

我不再對結婚懷抱夢想，是從老爸和媽媽離婚開始。

我決定只愛二次元則是從國三冬天被狠狠甩掉，被全班取笑到要死開始。

雖然連我自己都覺得與結花懷抱的精神創傷相比，都只是些小小的煩惱……但對我來說，過去的影響還是很大。

我之前一直懷抱著這些負面的感情活到今天。

可是——和結花共度的每一天……

感覺好愉快、好溫暖，一點都不無聊……足以讓我覺得煩惱那些事情真是傻了。

「那麼，小遊！麻煩你了～～！」

「等等，妳笑著擺出這什麼姿勢？」

「你……你這樣說人家會害羞啦！有什麼辦法，不這樣……就沒辦法貼貼布啊。」

為什麼噘著嘴？

所作所為需要被叮嚀的可是妳啊。

畢竟結花──解開連身裙的肩帶，朝我露出了雪白滑嫩的肌膚。

纖細的頸子；嫵媚的鎖骨。

以及，從拉下的衣服邊緣露出的──粉紅色的細肩帶。

這太讓人眼睛不知道該往哪兒擺，我有點無法直視。

「真是的，為什麼要撇開視線啦～～！小遊是大笨蛋～～！」

「笨蛋是妳吧！其實妳根本就不在乎貼布，只是進入要我陪妳模式了吧！」

「人家一開始就是這樣了！」

「那更惡劣好嗎！」

「……不妙，這感覺像是男女情事進行到一半我們卻跑回來吧？」

「結花居然會這麼積極進攻……遊哥真有一套！魅力太出色才會讓結花這麼敞開心房！」

——我和結花正鬧得不可開交，聽到這幾句話就當場定住。

然後我們兩人不約而同戰戰兢兢地看向客廳門口。

站在那兒的……是家妹那由，以及結花那女扮男裝的妹妹勇海。

「呃……我完全沒聽見有什麼動靜……你們是幾時開始在場的？」

「就在前不久。我在玄關口碰巧遇到小那，她就說『躡手躡腳摸進去啦。他們百分之百在搞些什麼』——於是我就摸進來了。」

「然後，果然就看到你們大白天就開始Play，還真會發情。呿！」

「嗚呀————！」

勇海與那由若無其事地說明這樣的狀況。

結花就大叫一聲，把頭埋到坐墊下面。

呃……我是覺得已經太遲了。

「啊哈哈，結花真是會害臊。不過，也許這樣的一面——就是她能變成遊哥可愛小貓的祕訣吧？」

「囉唆，勇海是笨蛋～～！」

「小結，如果妳要喵喵，我和勇海就先出去？」

「我才不要！討厭，小那妳真是的！嗚～～……勇海也是，小那也是……小遊也是！你們都

是笨蛋~~!」

「咦,我也是?妳這是血口噴人吧!」

——綿苗結花一到外面就是很古板的類型。

在學校基本上都被當成一個難以親近的冰山美人。

其實她作為聲優和泉結奈,很開朗地努力工作。

而在家裡則像這樣……是個徹底少根筋又開朗的女孩。

有這樣的結花作為未婚妻的我——佐方遊一……

過著雖然非常吵鬧,但說來說去就是……很開心的每一天。

第2話　【事件】和泉結奈接到新工作

「啊，小遊，等我一下下喔！」
結花這麼說完，拿起響著來電鈴聲的手機從沙發上站起。
我拿遙控器，把錄下來要兩個人一起悠哉收看的動畫按了暫停。
校慶翌日——那由與勇海各自回去國外與老家了。
光是在場就會引發麻煩的兩人回去後，正覺得房間變得空蕩蕩，結果就接到了電話。
這樣看來，當然……該懷疑的就是那由。
她就是會在這種時機馬不停蹄地搞起惡作劇。
畢竟我跟她多年兄妹不是白當的。她的行動模式，瞞不過我的法眼。
所以呢——我仔細聽結花講電話。
畢竟要是放著那由的發言不管，十之八九不會有什麼好事。
「昨天非常對不起！……啊，是！校慶順利結束了，謝謝關心！」
……猜錯了。

第2話
【事件】和泉結奈接到新工作

抱歉，那由。

妳素行太差，我徹底以為犯人就是妳。雖然要怪就該怪素行太差的人就是了。

所以，那由完全是被我冤枉了。然而……

「呃，蘭夢師姊也在電話裡稍微提過……說是新的工作……是。」

聽到這令人好奇的字眼，我不由得全身一顫。

像是「蘭夢師姊」還有「新的工作」。

這該不會——是跟結奈有關的電話？

遊戲大廠寄託全公司的興衰所推出的社交遊戲《Love Idol Dream！Alice Stage☆》，通稱《愛站》。

我所熱愛的最佳遊戲中，與我那宇宙最強的推角結奈有關的快報……讓我不由得滿心期待。

因為我是結奈的頭號粉絲。

寄出的粉絲信數目不輸給任何人——筆名「談戀愛的死神」。

「……咦？由……由我？和蘭夢師姊，組團……是嗎？」

「組團！」

我反射性地大聲喊出來，便趕緊摀住嘴。

結花也手忙腳亂，按著自己的嘴脣比出「噓～～」的手勢叮嚀我。

『——嗯？結奈，該不會妳旁邊還有別人在？』

「沒……沒有！這裡沒有別人啊。」

『可是剛剛我好像聽見別人說話……』

「呀～～鬧鬼了～～好可怕～～」

『……啊。結奈，該不會是妳說的「弟弟」……』

——嘟！

結花以快得令人目不暇給的速度掛斷電話，將手機朝沙發一扔。

「好……好險……差點就要被懷疑了啦……！」

「對……對不起喔，結花……可是，我總覺得唐突地掛斷電話更是可疑得不得了……」

「嗚～～……對喔，我也覺得這話不該由我自己說啦，可是你也知道我不是在《愛廣》瘋狂講了好多『弟弟』的事嗎？所以久留實姊——我的經紀人，對我的家庭成員有夠好奇的！」

妳都那樣講個不停了，人家當然會好奇啊。

我看不只是經紀人，像掘田出流大概也相當擔心。

「就是這麼回事，所以，不好意思……」

「我知道。我有好好反省……我不會再聽妳講電話，也不會再出聲了。」

說起來，身為她的粉絲，光是聽她講電話這件事本身——就已經是越權行為。

我和結花是未婚夫妻沒錯。

但「談戀愛的死神」終究只是支持和泉結奈的——一個粉絲。

所以，雖然會好奇……

雖然對於她會接到什麼樣的工作真的很好奇！

——但我認為這個時候安分點才是對的。

「……嗚～～不要露出那麼沮喪的表情啦。」

「啊，抱歉……別放在心上。我可以好好忍住的，因為我明白……忍耐是我的職責。」

「…………嗯～～」

結花手按下巴，思索了一會。

然後輕輕拿起扔到沙發上的手機。

接著又開始用ＲＩＮＥ電話通話。

「啊，喂？久留實姊？對不起……我可以設定成擴音嗎？昨天校慶弄得我手好累。」

明明到剛才都還正常地在講電話。

接著結花把手機放到手機架上，小小地伸了伸舌頭，用電話另一頭聽不見的聲音說：

「我有點累了，所以設定成擴音……這只是湊巧喔。才不是因為小遊很沮喪，我才設定成讓小遊聽得見喔。」

結花說出這種傲嬌的話，靦腆地笑了。

——謝謝妳。

甚至不惜編出這種「場面話」來成全我……讓我真的很感動。

我絕對會安靜。

結花——討論工作要加油喔。

◆

——於是結花和經紀人開始討論工作。

「喂？不好意思，我設定成擴音了！剛才很對不起，電話斷掉了！」

『呃，是斷掉嗎？結奈……妳沒掛斷？』

「哪裡，怎麼會呢！是手機突然厭倦了一切，重開機了！」

那根本是故障了吧。

不愧是結花，藉口實在太明顯，有夠可疑。

這麼明顯的藉口哪可能有成年人會相信——

『這樣啊……結奈，妳要趕快去手機店喔。要是聯絡不上，有很多事情都會很麻煩。』

「好……好的！」

還真的相信了。

和泉結奈的經紀人真不是當假的。

嗓音明明像是成熟女性，卻會被這麼明顯的假動作唬過去。

結花這麼少根筋，不這樣就做不好她的經紀人……也許是這樣吧。

……總之，事情勉強蒙混過去後。

結花和經紀人就在緊緊閉上嘴的我面前繼續談話。

「呃……那麼，關於剛才說的，和蘭夢師姊組團的事情……」

『嗯！我要鄭重跟妳說——恭喜妳，結奈！蘭夢和結奈的團已經確定要發表新歌了！』

電話另一頭傳來啪啪啪的鼓掌聲，即使透過喇叭都感受得到她的熱情。

對於經紀人的這種對應，結花害臊地搔了搔臉頰，靦腆地笑著說：「嘻嘻嘻……謝謝妳」。

『紫之宮蘭夢與和泉結奈的團——雖然團名還未定，但發售ＣＤ以及舉辦也兼作ＣＤ宣傳的店鋪演唱會都已經在企劃了。而且，居然要在五個地區舉辦店鋪演唱會！』

「ＣＤ……ＣＤ！店鋪演唱會？而且還要在五個地區……實在太厲害，我都不知道該怎麼反應了……」

結花啞口無言，而我能深刻體認她的感受。

畢竟就連只是一個粉絲的我都一瞬間——幾乎失神。

我實在太開心，都看見三途川了。

——以往結奈根本沒有專用的歌曲。

雖然曾經代替突然無法參加的表演者參加過唯一一場現場演唱會，因而有機會在大家面前演唱《愛站》的主題曲……但也就那麼一次。

身為粉絲固然覺得遺憾，同時也認為這是「無可奈何」。

在有將近一百名愛麗絲偶像的《愛站》人氣投票中，結奈最新的排名是第三十九名。

雖然在我心中的排名是遙遙領先的第一名——然而既然商業上是第三十九名，得不到提拔也是不得已。

這樣的結奈要和最新人氣投票中榮登第六名——通稱「第六個愛麗絲」的蘭夢的聲優紫之宮

蘭夢組團，舉辦店鋪演唱會……實在是天外飛來的驚喜。

而且還橫跨五個地區！

雖然不知道具體地點，想必也會有遠征外縣市的情形吧。

突如其來的ＶＩＰ待遇。

這種急轉直下的發展……會讓當事人結花太震驚而啞口無言也是無可厚非。

「呃……蘭夢師姊被選進『八個愛麗絲』，人氣方面有這種待遇我還懂，可是……為什麼會挑上我？結奈的排名根本不高……」

「啊～～……也是啦，是會這麼想吧。』

結花說出當然會有的疑問，經紀人就有些欲言又止。

接著，她停頓了一會——才難以啟齒似的回答：

『結奈，妳不是被找去廣播好幾次嗎？就是出流和蘭夢擔任來賓的集數。』

「啊，是啊！我足足被找了三次，好開心喔！」

『當時，妳說了什麼樣的話……妳還記得嗎？』

「咦？就是《愛站》的事……啊，還聊了經紀公司的話題吧！因為掘田姊和蘭夢師姊都和我隸屬同一間經紀公司！」

『……嗯，的確是這樣，畢竟妳們都是「60P製作」旗下的聲優嘛。可是……妳回想一下，有個話題妳說得更～～頻繁……對吧？』

——她該不會是指？

我有一種非常不好的預感。

「……我是覺得不太可能，但妳是指我『弟弟』的事？」

『……也許妳覺得不太可能，但就是這件事。』

結花說得戰戰兢兢，經紀人立刻回答。

總覺得她說話帶著點嘆息……大概不是我的錯覺吧。

『結奈愛說什麼就說什麼，蘭夢又會往奇怪的方向衝，每次都差點就弄成播出事故，讓我真的肚子痛得不得了！可是……其實那些談話博得了核心粉絲的人氣，說是「聲優們的危險談話」，在很多地方都有人拿出來討論。』

「咦，是這樣嗎？」

啊～～……的確。

結奈&蘭夢搭檔的廣播有夠精準地命中《愛站》部分粉絲族群的喜好。

在懶人包網站就有被整理出來，留言欄也熱鬧非凡，很多像是「結奈太少根筋了，好可愛」啦，「蘭夢大人一說話，氣氛就太地獄了，笑死」啦，「掘田出流可愛可愛的」，甚至可以說是有點爆紅。

雖然身為這個「弟弟」的本人就實在笑不出來。

『就有人提出企畫——提議讓這兩個在《愛廣》很受矚目的人組團試試看。站在我們經紀公司的立場，面對這種同時推銷兩名新秀的大好機會，也沒有理由拒絕。所以——』

「好的！我……會竭盡所能努力！我想努力去拚！」

結花打斷經紀人說話，用活潑的聲調說了。

坐在沙發旁的結花雙眸——熊熊燃燒著幹勁的火焰。

是這樣沒錯啊。對結花來說，這是千載難逢的好機會。

她起勁的程度……想必也十分劇烈吧。

『嗯，結奈的反應很有結奈的樣子，我就放心了。蘭夢她啊，也真的很期待跟妳組團喔。因為蘭夢從以前……就很看重結奈。』

「咦，蘭夢師姊——看重我？」

經紀人的發言讓結花的表情就像花朵綻放似的一亮。

知道自己崇拜的師姊誇獎自己的確是會這樣。

確定要組團出道，又獲得師姊稱讚，結花真的顯得很開心。看著她這樣……就連我都覺得心情也變得暖洋洋的。

雖然我只是區區一名粉絲卻能聽她講電話，是有點過意不去。

但同時——也存在著另一個我，更為能和結花共享喜悅而慶幸。

好～～今晚就買些貴的肉回來慶祝吧。

…………我正想著這種悠哉的念頭——

『所以呢，雖然這次是因為妳談到「弟弟」而爆紅，可是，對不起——站在經紀人的立場，對妳這個「弟弟」有夠擔心的。所以，求求妳，結奈，在開始這個企畫之前，一次就好……可不可以讓我見見你「弟弟」？』

「……咦？」

經紀人的這句話讓結花當場定格。

而「弟弟」也就是我——也同樣定格。

咦，我……要和經紀人見面嗎？

該怎麼說…………我只有驚濤駭浪的預感。

第3話 【壞消息】校慶後的不起眼妹還是有夠古板

「早啊，佐方～～！」

校慶補假結束的隔天，回到日常的學校裡。

我到校後來到座位一坐下，就有個辣妹大大地揮著手跑過來。

二原桃乃。這個同班同學有著一頭染成咖啡色的長髮與一雙大大的眼睛，特徵很好認。

沒穿整齊的制服上衣胸口整個不設防，豐滿的胸部頻頻微露……所以我急忙撇開視線。

順便說一下，儘管她的外表是這種「開朗角色辣妹」。

內涵卻不折不扣——是個太喜愛特攝節目的御宅族。

像校慶辦角色扮演咖啡館的時候，她就以班代的立場為名目，小心避免洩漏自己御宅族的身分，卻又愛怎麼玩就怎麼玩。一下子穿怪獸裝，一下子換上變身英雄風格的韻律服。

二原同學這樣一個「特攝辣妹」將手撐到我桌上——得意地一笑。

「校慶好開心耶！我啊，一直到昨天都還完全沉浸在餘韻裡呢～～！」

「也是啦，是比我想像中開心……不過坦白說我好累。我想盡可能不和其他人交流，度過平淡的校園生活。」

「佐方你嘴上這麼說，但你一身晚禮服不也穿得很帥氣嗎？那個時候，老實說……我覺得佐方好帥啊，都要喜歡上你了呢。」

「咦？」

「……噗！啊哈哈哈！好好笑～～你有夠慌的啦～～！開玩笑的好嗎，開玩笑！」

唔……雖說她的內涵是個特攝宅，終究還是辣妹啊。

我也不是當真了喔。畢竟二原同學就是這種個性，我也很清楚喔。

「喂，二原——那我的扮裝怎麼樣啊？」

我正滿心不甘，坐在旁邊的刺蝟頭朋友就突然插話了。

倉井雅春——通稱阿雅。

是我從國中時代就認識的損友，也是和我一樣熱愛《愛站》的同好。

「咦～～？倉井，你穿什麼來著了？我就是想不起來耶。」

「為什麼啦！就是那個啊，德古拉！我心愛的蘭夢大人在一場很酷的現場舞台上就穿著配合她形象設計的恐怖風造型服裝。正因為這樣，我——才會變成德古拉。沒錯，為了感受和蘭夢大人合而為一的感覺！」

阿雅有夠熱衷地說著。

我是不會站在他那邊，但他的心情我有切身的體會。
想和推角合而為一……想和她相互交融成為一個個體，這種心情我懂。
「可是，這次的MVP肯定是——綿苗同學吧？對不對，佐方？」
二原同學也不管阿雅在一旁自言自語似的大談他對蘭夢大人的愛，賊笑著朝我看過來。
妳喔……想取笑人的感覺有夠明顯的。
——二原同學是這個班上唯一知道我和結花之間的關係的人。
而對結花來說……說是她在班上唯一的朋友也不為過。
雖然結花在家是個少根筋的黏人妹，當聲優時則有種活力充沛的印象。
但除此之外——尤其在學校的結花，幾乎不和任何人說話。
與其說是不想和別人說話，更像是不知道該如何跟旁人相處。
一旦開口說話，又會一下子說太多而收不了尾——總之結花就是很不擅長和人溝通。
但班上的大家當然不知道這些情形，認為結花是個「古板而不好親近的樸素女生」。
由於話題中提到結花，我不經意地讓視線朝向她。
結果我看見的——是面無表情得讓人嚇一跳的結花。
黑髮綁成馬尾，戴著細框眼鏡，制服穿得整整齊齊。

這樣的結花坐在座位上，一動也不動地——看著書。

……每次我都覺得結花不戴眼鏡時明明眼角顯得下垂，為什麼一戴上眼鏡就會變得像鳳眼？

這真的是永恆的謎啊……

就這樣，結花和在家的時候完全不一樣，進入了在學校的正規營業狀態。

可是……這樣的結花周圍卻難得有幾名女生開始靠過去。

結花也注意到了，視線從書本上拉起，歪了歪頭問：

「……怎麼了？」

同班同學的注目讓結花意想不到，露出不解的表情。

一名女生對這樣的結花眼神發亮，以隨和的語氣說：

「欸，綿苗同學！校慶，好厲害喔！」

「……什麼東西厲害？」

她跟對方的情緒落差好大。

雖然就結花而言，這是正常發揮。

然而這群女生各自對結花說出自己心裡想的話。

「還什麼東西，就是校慶上扮的女僕啊！畢竟綿苗同學被客人用有點令人困擾的方式搭話

嘛，我本來還擔心事情要怎麼收場，可是……綿苗同學笑得好燦爛！」

「……噢。」

「沒錯沒錯！那個時候的笑容有夠可愛～～！原來綿苗同學會那樣笑啊！」

「……也還好。」

「像我都有點心動了！心動得想再看一次～～！」

「……是喔。」

——鴉雀無聲。

我感覺到這群本來很隨和的女生漸漸凍結。

這也難怪，的確是會這樣吧。

如果正常跑去閒聊，對方卻一直這樣面無表情地冷淡回應，一般人的心靈都會受重挫吧。

雖然站在結花的立場，多半是不知道怎麼回應才是正確答案，太過困擾才會變成平常那種冷淡的對應。

「啊～～那個時候我也有夠感動的！畢竟綿苗同學超級可愛！」

有人對這樣的結花伸出援手。

待在我身旁的特攝系辣妹——二原同學大聲說話了。

「欸欸，綿苗同學，再笑一次給我們看看嘛～佐方也想看吧？看綿苗同學可愛的笑容★」

「咦？我……我嗎？那……那個……也是啦。」

「…………」

結花盯著我。

然後深深呼出一口氣，隨即眼尾上揚。

她用力——拉了自己的臉頰。

「…………什麼？」

「……惡樣營啊？（這樣行嗎？）」

不不不，嘴角是上揚了沒錯啦！

笑容不是這樣用手動方式擠出來的東西吧！而且眼神根本沒在笑！

「噗！啊哈哈哈！綿苗同學有夠好笑～～！」

二原同學拍著我的桌子大笑，吸引旁人的目光。

班上同學們看著二原同學這樣——氣氛也放鬆下來。

「像校慶的時候，還有現在也是，沒想到綿苗同學也有挺俏皮的一面呢～～」
「就是啊。而且，校慶好開心喔！我好喜歡那套啦啦隊服～～」
「我看喜歡那衣服的是妳男朋友吧～～？」
「妳很囉唆耶，小心我生氣喔！」
於是就在氣氛轉為融洽時，同學們漸漸離開結花身邊。
結花輕輕嘆了口氣——再度拿起看到一半的書。
然後……她朝我和二原同學這邊瞥過來。

（謝謝你們兩個。）

——她這麼說了。
是用唇語對我們說出這樣的話。

◆

「桃桃，我最喜歡妳了！今天真～～的……謝謝妳！」

「啊哈哈！結結妳喔，有夠可愛的啦。我也最喜歡結結了～～！」

結花與二原要好地互相喊話，在客廳裡緊緊相擁。

我坐在沙發上發呆看著她們這樣。

「喔，佐方，你挺閒的嘛。你要不要也來抱抱？現在可是結結和桃乃大人都讓你抱的後宮規格喔。」

「不……不行啦，小遊！現在不行！要是你被桃桃抱住……你的心會被桃桃這對大胸部偷走的！」

「……噗！啊哈哈哈哈哈！結結妳真的好可愛啊！不用擔心，佐方不會輸給胸部的啦～～」

二原同學把結花的頭髮搔得亂糟糟的……她們到底是在演哪齣？

久違的放學回家——二原同學來我們家玩。

擔任校慶班代&副班代的三個人兼作開會聊個痛快……主旨本來應該是這樣。

不知不覺間卻變成兩個女生在尖叫傻笑。

哎，不過……結花跟朋友相處愉快的話，這樣也無所謂啦。

「對了，結結，妳看了《假面跑者聲靈ｄＢ（分貝）》嗎？」

「那當然！真沒想到從那感人的最終回過後，還會出續集……我和小遊兩個人一起看得緊張刺激！」

假面跑者系列每年都會切換到新系列……聽說是這樣。

可是，前作《假面跑者聲靈》的人氣太驚人，所以破例決定推出續集系列，《假面跑者聲靈dB》也就這麼開始了……聽說是這樣。

說是聽說，是因為這都是二原同學告訴我們的情報。

二原同學談特攝，雖然專用術語讓我鴨子聽雷，但她引人入勝的能力很厲害。

「當新的敵人登場，假面跑者聲靈眼看就要被打敗的時候，我——都覺得自己要哭出來了呢！聲靈的力量不管用？那要怎麼辦啦！」

「可是，在這種危機的狀況下，腰帶承接到人們為他加油的『聲音』——進化為『假面跑者聲靈dB』！那個感覺好熱血啊！新武器『大聲公合唱劍（Megaphone Chorus Slasher）』又是讓大聲公和劍一體化的劃時代創舉——」

和特攝宅變成好朋友的結果，就是我未婚妻對特攝愈來愈清楚。

當辣妹的溝通能力和御宅族的知識相結合，傳教力實在非同小可……

我發呆看著談得很高興的兩人，二原同學就賊笑著朝我看過來。

「欸，佐方，你一定覺得我都只看特攝吧？」

「這不是事實嗎？」

「哼哼哼……的～～確～～啦，以往的我是個只對特攝有興趣的人，這我承認……可是啊，我已經把手伸到其他領域了！」

二原同學抬頭挺胸做出這樣的宣言後，拿出手機——點開一個我很熟悉的程式。

『——Love Idol Dream！Alice Stage☆要開始嘍～～！』

顯示出標題畫面的同時，聽見天使般的說話聲……讓我不由得說不出話來。

程式是——《Love Idol Dream！Alice Stage☆》，而隨機決定的標題語音則抽中了我所愛的結奈。

二原同學看到我這麼驚訝的表情，一臉跩樣地說：

「……怎麼樣？我想到都是我在傳教不太好，而且也想支持那麼努力的結結，就下載了APP來看看！」

「咦……咦咦！妳的心意我是很開心……可是總覺得好難為情喔，桃桃。」

『結奈會一～～直陪在你身邊！所～～以～～……我們一起歡笑吧？』

「嗚喵——！」

結花發出像貓的叫聲，跳上沙發，把頭埋到坐墊底下。

看到結花這樣——二原同學哈哈大笑說：

「所以啦，以後我也是《愛站》的玩家，支持結奈——結結喔。至於佐方，我想想……要多教教我這個初學者喔！」

「……嗚嗚，好開心又好難為情喔，真是的……」

二原同學回去後，結花一邊收拾房間一邊嘀咕。

「就『談戀愛的死神』來說，多了一個結奈的粉絲是覺得非常自豪。」

「為什麼是小遊一臉蹺樣啦！嗯……可是，說得也是！以後我和蘭夢師姊組團還得更努力！反而非得高興不可呢！」

結花握拳喊了聲：「好！」振奮自己。

我以莞爾的心情看著這樣的結花——結花的手機就響起了來電鈴聲。

「是，我是結奈，辛苦了！……啊，是這樣嗎？出差好辛苦啊……咦？記得那裡就在我們家附近……現……現在就要嗎！不，的確是早點開完會才能早點進行組團的準備啦……啊，沒有，呃……」

我正覺得她說話怎麼吞吞吐吐。

結花說完電話，拿著手機的手無力地垂下——為難地皺起眉頭說道：

「怎……怎麼辦，小遊……經紀人說現在就要來我們家。」

…………咦？現在？

總覺得這樣——對「弟弟」來說是相當不妙的情形耶。

第4話 教教我，我這個「弟弟」有什麼方法躲起來不被發現

我們以校慶慶功宴的名目找來二原同學，度過一段悠閒的時光。

二原同學剛回去，和泉結奈的經紀人突然打了電話來。

說是到附近來辦事，想順便來家裡一趟。

我們兩人慌了手腳。

我們還在不知所措——我們家的門鈴已經「叮咚～～♪」……一聲響起。

「怎……怎麼辦……小遊？」

「還……還能怎麼辦……我先問清楚。家長擅自決定了婚事，而妳和未婚夫同居，這件事沒告訴經紀人……？」

「……我也想過說出來會不會比較好喔，可是總覺得很難說出口……所以完全沒提……」

結花垂頭喪氣。

也不用這麼沮喪啦。

就算妳說了，對方多半也會太莫名其妙而當場僵住，況且我也能體會這種難以啟齒的心情。

話說回來……這個狀況有各種不妙。

對方終究是和泉結奈的經紀人。

並不是有惡意的八卦新聞記者，所以即使知道了這個事實，應該也不會把消息散播出去。

可是，照常理來說……大概免不了被訓一頓吧。

搞不好也可能被要求分手。

對聲優來說，「交往」與「結婚」這類話題風險非同小可。

聲優也是人，要因此受到抨擊，坦白說我也覺得很沒道理……但實際上，這些就是會威脅聲優生命的醜聞。

像《愛站》這種伴隨偶像類型活動的聲優——更是如此。

我想這種事不用我說，結花自己最清楚。

所以，結花她……低著頭說了：

「小……小遊！那個，這樣拜託你實在很不好意思，可是……我跟經紀人說話的時候……那個，小遊，你……」

「別擔心，我知道。我會躲起來，不讓她發現。」

我斬釘截鐵地這麼一說，結花就露出過意不去的表情。

……就說不用露出這種表情啦。

因為我是結奈的頭號粉絲「談戀愛的死神」。

設法迴避會讓結奈困擾的事態……是我應該做的。

——叮咚～～♪

門鈴再度響起。

結花一咬嘴唇，朝我一鞠躬。

「……我會盡量長話短說！對不起喔……謝謝你，小遊！」

結花說著快步跑向玄關。

同時我上了樓梯，站在從玄關看不見的死角，決定從這裡照看著結花。

「對不起喔，結奈，突然找上門來。」

「哪……哪裡！我完～～全閒著！非～～常閒！」

結花劈頭就做出可疑的回答。

看在一旁的我眼裡，心裡有夠七上八下。

然而，經紀人也沒有要吐槽的模樣，想必是已經習慣結花少根筋的行動吧。

「久留實姊才辛苦了，工作到這麼晚！」

「……我平常不是一直跟妳說嗎？『久留實』這個名字的感覺太可愛，不適合我，要妳叫我的姓『鉢川』。」

「久留實姊的確是美人型啦！可是我覺得久留實這個名字跟妳也非常搭！」

她莫名地開始力勸。

和在學校那種平淡的感覺以及在家放鬆的感覺都不一樣。

作為聲優的結花——乍看之下善於溝通，但她話雖多，卻牛頭不對馬嘴。

若說在學校的結花是「陰沉」的溝通不良，那麼聲優結花則是「開朗」的溝通不良。

「唉……算了，沒關係啦。這種時候，還是由我這個成年人妥協吧。」

名字似乎叫「鉢川久留實」的經紀人——嘆著氣這麼說，然後露出苦笑。

她有著髮尾輕微燙捲，染成亮咖啡色的短鮑伯頭。

上眼皮畫了橘色眼影，嘴唇上了粉紅色口紅。

白色襯衫外面披著黑色外套，穿著窄裙……這身打扮給人一種不折不扣的成熟女性感。

以女性來說身高偏高，體型又苗條，所以就算說是模特兒也很有說服力。

「從聽說結奈搬家以來，這還是第一次到妳家，不過……以一個人住來說，這房子也太大了吧？大得讓我嚇一跳。」

「啊……啊啊！說是為了讓家人隨時都可以來住，所以蓋了獨棟住宅！」

「還有，門牌——上面寫著『佐方』。結奈本名是『綿苗結花』吧？『佐方』……是誰？」

「佐……佐方是我親戚，把用不到的房子轉讓給家父！所以門牌都沒換，還是寫著佐方！」

「……我覺得還是改一下比較好。要盡快。」

非常有道理的吐槽連擊。

聽著結花那些有夠可疑的回答，我心中的不安只增不減。

……但鉢川小姐似乎重新振作起精神，對結花微笑。

「那麼，首先我要說，結奈——恭喜妳組團出道！」

她開始用音量迴盪整間房子的掌聲祝福結花。

結花看著這樣的鉢川小姐，難為情地忸忸怩怩……小聲說：

「謝……謝謝妳……可是，總覺得好害羞……」

「妳說這什麼話呀！從和泉結奈出道那時候起，我就是妳的經紀人耶。我知道結奈這些年來有多努力，所以……我真的好開心……」

「等等！請……請妳不要哭好嗎，久留實姊！妳……妳這麼開心……連我都要哭了啦……」

和泉結奈與她的經紀人就這麼杵在玄關，相視大哭。

就是說啊，結奈要組團出道就是這麼大的事情啊。

我陶醉在這樣的感慨裡，就覺得連自己都要跟著哭了……

「所以，結奈，關於組團，有些事我想跟妳說……可以讓我打擾一下嗎？」

——聽見鉢川小姐這句話，我的眼淚一口氣收了回去。

「咦！啊，不～～……房子裡很亂，不能在這裡簡單討論一下嗎？」

「啊～～……嗯，是這樣，沒錯啦……突然找上門來，我當然也覺得過意不去喔。過意不去是沒錯……」

聽到結花的回答，鉢川小姐顯得難以啟齒。

不知道是不是錯覺，總覺得她比剛才浮躁地動著雙腳，顯得很不鎮定。

而且臉也比一開始看到的時候紅……

「……呃，身為成年人，拜託妳這種事情實在很難為情，所以真的很過意不去……」

「什……什麼？」

看到鉢川小姐一直忸忸怩怩，結花大惑不解。

鉢川小姐對這樣的結花——咬緊嘴唇說道：

「可……可以，借用一下，洗手間……嗎？」

◆

「對不起喔，小遊……再一下子就好，可以請你繼續躲著嗎？」

「沒事，這也沒辦法。而且我覺得經紀人都說想借廁所了，新秀聲優冷漠地拒絕，那反而才有問題吧……」

和泉結奈的經紀人——鉢川久留實在用一樓的廁所。

所以我和結花蹲在上了樓梯不遠處竊竊私語。

眼前，等鉢川小姐出來就先回玄關，簡單討論後解散。在這之前，我就躲在二樓。我們做好了這樣的盤算。

「其實，大概還是坦白說出來比較好吧……」

對結花來說，有事情隱瞞為了她開心到哭的經紀人似乎很令她痛心——她以無力的聲音說出這樣的話。

「很難說吧……畢竟我也不知道就聲優業界來說，這樣是不是對的。」

「聲優有未婚夫……這樣的情形我也不曾看過，所以我也不懂啊。」

那當然了。

如果到處都是有未婚夫的聲優，粉絲都要昏倒了。

「結奈～～？咦，妳在哪裡～～？」

——說著說著……

鉢川小姐似乎已經用完洗手間，一樓傳來她的聲音。

「啊，我……我馬上過去！」

結花趕緊出聲回應，站了起來。

然而她太慌張，差點在階梯一腳踩空——

「喂……危險！」

「嗚喵！」

我情急之下將結花抱向自己懷裡。

而這個動作似乎對結花造成多種驚嚇，讓她發出像貓的叫聲。

「咦！結奈，妳怎麼了？」

「啊，呃……怎……怎麼辦，小遊？」

「結……結花？妳先冷靜下來，這麼大聲更會……」

「結奈～～？妳還好嗎～～？」

我聽見缽川小姐爬樓梯上來的腳步聲。

該坦白說，還是就這麼躲下去——我正如此心想，大概就是這樣的猶豫讓結花更加不知所措而陷入恐慌。

她開始用力……推我肩膀。

「等等，結花！」

「眼……眼前，小遊你先躲起來！我會好好……跟久留實姊談！」

不不不不。

這麼慌張的人，哪有可能好好說話？

可是，結花的開關已經打開——強行把我推進房間。

…………等等。

這裡——該不會是結花的房間？

二樓有我的房間、結花的房間，以及那由回國時住的房間。
平常我們兩個大多都待在客廳，而且睡覺的時候結花又會跑來我房間——我基本上不曾進結花的房間。
所以，我不由自主……感到稀奇地往房間裡頭東張西望起來。
粉紅色的窗簾，桌上擺著可愛的各種小東西。
這個房間充滿了這種女孩子的感覺，但彷彿象徵著她作為聲優十分努力……用紅筆寫著註解的廣播或類似節目用的腳本攤開放在桌上。
而這桌面的角落……
珍重地擺放著——無數裝在信封中的信。
這個……該不會是？
我，也就是「談戀愛的死神」，寄給結奈的粉絲信——
「呀啊啊啊啊啊啊啊啊！小遊，不可以看啦～～～～！」
結花慌到最後，似乎發現自己把未婚夫請進了自己房間的事實。
大概是難為情到了極點，她用手遮住我的眼睛尖叫。

而她這麼吵鬧，當然就會——

「結奈？妳在做什……等等，呃……這位是？」

我感覺到從身後抱住我並摀住我眼睛的結花倒抽一口氣。

我抓住結花的手，戰戰兢兢地從自己的眼睛上拉開。

站在我們眼前的，是和泉結奈的經紀人——鉢川久留實小姐。

鉢川小姐睜圓了眼睛凝視著我。

「呃、呃……久留實姊，難不成……妳看得見？」

「……什麼？」

我和鉢川小姐不約而同地異口同聲。

「原來久留實姊也有陰陽眼啊……其實我也看得見。看得見這裡有個年齡跟我差不多的男性。很可怕吧～～真的很可怕吧～～？」

「……你該不會，就是那個『弟弟』？」

鉢川小姐完全無視結花那無厘頭的煙霧彈，對我說話。這也是理所當然就是了。

既然這樣，那也沒辦法。

我下定決心，低頭對鉢川小姐打招呼。

「結奈平常承蒙您照顧了。我是結奈的『弟弟』……遊一。」

「幸會。我是結奈的經紀人，鉢川久留實。不好意思，擅自找上門來。」

鉢川小姐以成熟的態度應對這樣的我。結果緊接著……

「處在這樣的狀況下，我知道這麼說很自私，然而——我原本就一直想和您談談。可以請教一下嗎，關於您這位做『弟弟』的，和結奈的……關係？」

啊，這樣不行。

聽她的口氣——事情已經穿幫了。

第5話 【急徵】和聲優的經紀人說話時要注意的事情

「…………」

「…………」

「…………」

在客廳的桌子前坐下的，有我和結花。

以及和泉結奈的經紀人——鉢川久留實。

這樣的三人姑且喝著結花泡的茶……處在沉默之中。

坦白說，有夠尷尬。

各式各樣的巧合交加，我待在和泉結奈家裡這件事被經紀人鉢川小姐發現了。

鉢川小姐已經猜到，結花在廣播中不時就會提到的「弟弟」＝我。

也猜到了——我雖然是這個「弟弟」，卻也不是她弟弟。

從氣氛看來，她大概……不，是絕對猜到了。

「——我就單刀直入問了。你是遊一先生，是嗎？」

第5話
【急徵】和聲優的經紀人說話時要注意的事情

鉢川小姐的話就像死刑宣告一樣迴盪在客廳。

我手放在膝上，視線落到桌上，微微點頭。

「很……很可愛吧！他就是我自豪的——『弟弟』啊，久留實姊！」

沉重的氣氛下，結花開始用很快的速度搶話。

「我在《愛廣》也提過幾次，我是超級戀弟情結，沒辦法忍受和『弟弟』分開生活。所以我們才會搬到這個家，兩個人一起住！『弟弟』真的好可愛。可是，他也有很多帥氣的地方！會覺得哇啊……他是天使嗎！嘻嘻，我這樣說，就好像他是我男朋友——」

「他就是妳男朋友吧，結奈？」

鉢川小姐冷靜丟出的這句話讓結花當場完全定格。

客廳再度籠罩在沉默當中。

而這沉默——正是最有力的回答。

「唉……我的確早就想到可能會是這樣，可是，果然是這樣嗎……」

鉢川小姐手肘撐在桌上，重重嘆了一口氣。

「……不……不是的，久留實姊。」

「哪裡不是？以弟弟來說，臉實在長得太不像。而且結奈說起他時那種眼神發亮的感覺，怎麼看都不是說自己家人時會有的表情啊。」

她說得太對了，讓我什麼話都說不出來。

面對這切中要點的推論，結花咬緊嘴唇。

然後下定決心似的——說了出來。

「我……我們不是男女朋友！我是小遊的……未婚妻！」

「…………什麼？」

鉢川小姐多半沒料到她會這樣回答，便發出了怪聲。

就是說啊～～我懂，我懂的。

畢竟我也差點忍不住要叫出來。這孩子在說什麼鬼話啊。

「呃……結花，妳是傻瓜嗎？是要基於怎樣的心境才會在現在這個時間點爆出這件事啦？」

「人……人家才不是傻瓜！久留實姊一直支持著作為和泉結奈的我，所以，我不想再對她說謊……我要做出覺悟，把一切老實告訴她。就是因為有了這樣的想法——我才會想讓她知道我們的關係還超乎男女朋友之上！」

「啊啊……我頭愈來愈痛了。結奈……妳說這話不是開玩笑，是真心的？」

都揭露到這個地步了，那也沒辦法。

我做出覺悟——朝鉢川小姐深深低頭。

「對不起，突然說起這麼驚人的事情。呃，結花……結奈說得沒錯，我不是她弟弟，也不是她男朋友……是她的，未婚夫。」

「……久留實姊，很抱歉之前都瞞著妳。事情就是這樣，我——和這個可愛又帥氣，全世界最棒的小遊……訂婚了！」

「…………真的假的？」

鉢川小姐露出一臉世界末日來臨似的表情，無力地趴到桌上。

隨即聽見「我要怎麼跟經紀公司解釋……」「大眾傳媒……」「肚子好痛……」等等詛咒似的喃喃自語。

「……冷靜。我是成年人，我是成年人……」

然而，她不愧是聲優的經紀人。

只見她深深吸氣將心情調適過來後，隨即挺直腰桿，重新在椅子上坐好。

然後——交互看了看我們。

「所以，你們願意告訴我嗎？多說一些——你們兩位之間的情形。」

接下來，我對鉢川小姐說明了事情發展至此的來龍去脈。

包括是雙方家長擅自決定了我們的婚事，但其實我們是同班同學。

還有我們說來說去還是訂了婚，現在同居中。

以及——我是結奈的頭號粉絲「談戀愛的死神」這件事。

「——這樣啊。如果可以，我會希望是聽錯或是作夢，可是……兩位真的是這樣的關係啊……這就是現實嗎……」

鉢川小姐靜靜聽我說完，發牢騷似的這麼說了。

我看看鉢川小姐那難以言喻的表情，又看看結花像是隨時都會哭出來的表情——不由自主地感到愧疚。

「啊啊，抱歉……遊一先生，不需要擔心我的。來，結奈也一樣——不要哭，不會有事的。因為不管發生什麼事，我……都是妳的經紀人。」

鉢川小姐說著拿出手帕，擦去結花眼角的淚水。

結花被鉢川小姐溫柔安撫，就像水壩潰堤似的大聲啜泣。

「真是的，妳振作點啊。和泉結奈最迷人的特點，不就是不管什麼時候都天真爛漫，臉上永

遠有著笑容嗎？」

「好……好的～～……對不起，久留實姊～～……嗚嗚嗚。」

「不過，也對——今後要怎麼做，可得一起想想才行了。」

鉢川小姐一邊安撫大哭的結花，一邊嘆著氣喃喃自語。

「就我個人而言，是希望能尊重結奈的心意。可是……對聲優來說，醜聞終究是致命傷。站在經紀公司的立場，也必須評估該怎麼做。還有……跟蘭夢之間的情形也得考慮清楚。」

啊啊……的確。

站在經紀公司的立場，當然也得考慮蘭夢。

雖然不知道她平常的為人，從出現在媒體上的她以及和結花聯絡時的她看來——紫之宮蘭夢這個聲優個性非常嚴以律己。

感覺就和《愛站》的蘭夢一模一樣。

這樣的她，一旦得知接下來要和自己組團的後輩聲優——其實有未婚夫這樣的醜聞，會怎麼樣？

……肯定會震怒吧。

畢竟這事情就連老資格的聲優也會大感頭痛。

「可是……不管經紀公司還是蘭夢，這些我們都先放在一旁吧。」

我正為了接下來要面對的種種問題感到頭暈目眩。

鉢川小姐啪的一聲拍響手掌——露出笑咪咪的表情。

然後，以平靜的聲調問起：

「結奈，還有……遊一先生，你們兩位對彼此怎麼想，再更仔細地跟我說一下。我認為要支持結奈，就得好好——把這個狀況理解得清清楚楚，因為我……是和泉結奈的經紀人。」

◆

綿苗結花，也就是和泉結奈所屬的聲優經紀公司——「60P製作」，是一間坐擁多名知名聲優的大公司。

結花國三的時候在學校發生了很多事情，因而繭居不出，但她豁出去參加選秀……結果拿下了結奈這個角色。

當時的結花根本沒有任何聲優的底子，就只是個外行人。

這樣的她合格的選秀——是《愛站》的公開追加選秀。當時的我還沒遇見《愛站》，所以這些是透過網路資訊得知。

這個時候，《Love Idol Dream！Alice Stage☆》已經錄用了數十名有知名度的聲優，推出先行測試版。

他們還舉辦不分職業或業餘的公開追加選秀，追加由這些新錄用的聲優配音的新角色，正式上市——展開了前所未見的促銷手法。

關於在選秀中合格的業餘聲優，將由包括「60P製作」在內的幾間聲優經紀公司接手，到這一步是事先決定好的。

不愧是企圖在已經有多款作品的偶像型手機遊戲業界開創出全新氣象的大企畫，規模非同小可。

在這樣的過程中，和泉結奈成了——「60P製作」的所屬聲優。

順便說一下，比和泉結奈先進入同一間經紀公司的新人聲優紫之宮蘭夢，也是這場公開追加選秀中選出的成員。

或許……正是因為如此吧。

紫之宮蘭夢才會對和泉結奈——另眼相看。

「——差不多就是這樣！我非常重視小遊……重視佐方遊一！」

我在一旁發著呆回顧《愛站》的歷史，結花總算說完。

這幾十分鐘裡，結花滔滔不絕地對鉢川小姐訴說我是多麼棒的人，她有多麼愛我。

說穿了，這就是所謂的公開羞恥Play。

少根筋的結花說著說著就興奮起來，但在一旁聽著的我可實在抵受不住。

嚴重到如果不讓意識稍微飛走，整個人都要發瘋。

聽她講了這麼多秀恩愛的話，鉢川小姐肯定也大惑不——

「嗚……嗚嗚……太好了，結奈……妳遇到這麼好的對象，變幸福，真的……太好了。」

……真的假的？

看到鉢川經紀人哭得比結花還凶，連我也掩飾不住困惑。

「遊一先生……謝謝你喔。謝謝你這麼珍惜結奈……！」

「啊……不，那個……總之叫我不用加『先生』啦，我總覺得自己很沒有立場，而且我年紀比較小……」

「是嗎？我明白了……那我就不客氣了——遊一！謝謝你給結奈幸福！」

……妳是她親戚還是怎樣？

可以這樣「我好感動！」就接受嗎？

由我這個當事人來說也不太對——但這醜聞還挺不得了的吧？

「結奈剛分配到我們公司時——一直都畏首畏尾，搞砸一點小事就很沮喪，經常在哭。」

鉢川小姐在這樣的情勢下……若有所思地仰望上方，開始述說：

「可是，漸漸地……結奈即使搞砸事情也不再沮喪了。笑容也變得自然，真的——開始很開心地做著工作。這固然也是因為結奈拚命面對聲優這個工作，可是……『談戀愛的死神』先生，我認為你的存在也非常重要。」

「咦……我嗎？」

沒想到會被叫到「談戀愛的死神」這個別名，讓我說不出話來。

但鉢川小姐全不放在心上，繼續說下去：

「『談戀愛的死神』先生對結奈而言，是第一個粉絲……他寄了好多好多為結奈加油的信來。結奈常常開心地說起這件事……就是從那個時候開始，結奈的笑容漸漸變得自然。」

鉢川小姐這麼說完，輕輕閉上眼睛。

「結奈本來就認真又努力，所以……即使沒有你，我想她還是會努力做好。可是，我認為就是因為有你的支持，結奈才能努力做到更好。你的存在確實——讓和泉結奈發光發熱了。」

「所以——」她這麼說。

鉢川小姐睜開眼睛，像小孩子似的笑了。

「作為聲優，我認為這當然是風險很高，非常危險的一條路。作為經紀人，如果有人問我這樣做對嗎，坦白說我不知道。可是，我——鉢川久留實，身為陪在和泉結奈身邊的人之一，我想……全力支持你們兩位的愛。因為我……希望結奈幸福！」

「久……久留實姊～～！」

結花站起來跑向鉢川小姐，緊緊抱住她。

「……結奈。」

鉢川小姐輕輕摸了摸結花的頭。

結花以率真的眼神看著鉢川小姐的臉。

「謝謝妳，久留實姊……我會努力的！不管是和小遊的生活，還是聲優的活動，我都會全力以赴！因為我——是和泉結奈！」

「嗯！這才是和泉結奈！我作為經紀人——會全力支持這樣的妳！」

……呃～～

雖然也不免會懷疑這是否算經紀人的工作……

像是經紀公司和蘭夢那邊該怎麼交代，需要擔心的事情堆積如山。

但能和鉢川小姐共享「祕密」，讓她支持我們——眼前，應該是好事……吧？

鉢川久留實　成為了　夥伴！

第6話　教育旅行的分組，該怎麼進退才是對的？

「小遊～～♪小遊，小遊～～♪遊遊遊，小～～遊～～♪」

身旁傳來一陣奇怪的歌聲。

我轉頭看去，發現雙手拿著包包，搖頭晃腦笑得十分開心的結花。

戴著細框眼鏡，頭髮綁成馬尾。

制服按照校規穿得整整齊齊。

是完美的學校款——但秀了一首電波歌的結花表情怎麼看都是居家款。

「結花，這裡是外面。要是被人看到妳這麼興奮地走在路上……他們會以為妳吃了奇怪的香菇喔。」

「為什麼是香菇？真是的，有什麼關係嘛～～這一帶很少人經過，才不會被別人看到呢。等走到大馬路，我會好好變得像平常那樣——變身成冷冷的我！」

說著說著，人跡變多的路口漸漸近了。

這時結花——有了動作。

她迅速與我保持距離，將面無表情的臉朝向我。

「……佐方同學，你做什麼？不要盯著我看。」

「不不不！到剛剛還在那邊小遊小遊的人，說這什麼鬼話啊？」

「……我聽不太懂你在說什麼。」

急轉直下的冷淡對應。

她的切換還是一樣那麼徹底，讓我已經不覺得可怕或傻眼，反而佩服起來。

是所有聲優的開關切換都這麼劇烈嗎……還是說，結花是特例？

雖然我也不太清楚……

不過眼前，我的未婚妻——今天也是正常發揮。

「好～～那今天的班會就來決定下個月教育旅行的分組吧～～」

二年A班的導師——鄉崎熱子老師手放在講桌上說道。

教育旅行。

這個字眼讓全班都熱烈地交頭接耳起來。

「喂～～安靜～～」

鄉崎老師嘴上叮嚀開始吵鬧的班上同學——眼神卻閃閃發光。

她嘴角上揚得有夠厲害，該怎麼說……顯得由衷感到開心。

結果坐在斜前方的辣妹——二原同學哈哈大笑著說了：

「鄉崎老師妳嘴上這麼說～～看起來最開心的不就是妳嗎～～」

「喂，二原，不要拿老師開玩笑……雖然我很期待是事實沒錯啦！畢竟教育旅行——是青春的代名詞！」

「啊哈哈哈！好好笑～～！這不是老師的青春，是我們的青春吧？」

「那當然。學生們青春的一頁……能在場見證這麼美妙的情形，老師就是覺得很開心啊！」

熱血老師與開朗角色辣妹之間的對話。

班上同學似乎也被這樣的二原同學帶動，教室裡四處傳來了嘻笑聲。

好厲害……這是什麼溝通力怪物。

這種事我就絕對辦不到。

說起來，我就算聽到教育旅行這件事——也和班上大多數同學不同，不會太興奮。

甚至反而覺得麻煩。

不，就算是我，如果是和知心的朋友去旅行也會更起勁一些喔。

可是，教育旅行……終究是全年級一起出門的學校活動。

對於和班上大多數同學都沒有深入來往的我而言，壓力所占的比重比樂趣更大。

像分組行動，如果分到跟不搭的組員一起，更會是地獄的苦行。

在有著這種負面思考的我看來，鄉崎老師和二原同學的對話——幾乎是異次元人的對話。

——震動震動♪

我以這種尷尬的心情坐著，收在包包裡沒拿出來的手機就震動了。

我小心不被鄉崎老師發現，偷偷摸摸拿出手機。

然後藏在桌子底下，打開收到通知的ＲＩＮＥ畫面。

『跟小遊去教育旅行！今年是去沖繩耶！嘻嘻嘻……好期待喔！』

我不由得噗嗤一聲笑出來。

「嗯？佐方，怎麼啦？」

「沒……沒有。對不起，老師……我有點想打噴嚏。」

眼前還是先蒙混過去。

我把手機藏在桌子底下，回覆傳來這種天真ＲＩＮＥ訊息的結花。

『結花，妳這麼期待教育旅行？』

『那當然！跟小遊一起在教育旅行玩到忘我……想也知道會很期待嘛。」

『……妳該不會想跟我同組？』

『咦？不同組嗎？』

我戰戰兢兢地看向結花的座位。

結果——就和以能面中「無」的表情看著我的結花對上視線。

……也太可怕！

雖然結花平常在學校就很缺乏表情，現在面無表情的程度又高了好幾段。

是不知情的人看了會夢到的那種程度。

『有夠可怕，妳那什麼表情啦！』

『哦～～小遊不想跟我同一組啊～～是喔～～』

『才不是！不是不想同組，是這樣會很可疑吧！在學校很少交集的我們突然分在同一組！』

『是嗎？要不同組是嗎？小遊要和別的女生幽會是嗎？』

『這是曲解！還幽會咧，我好久沒在日常會話裡聽到這個詞了！』

『什麼教育旅行，無趣。為這種低劣的活動開心，簡直愚蠢。』

結花似乎鬧起彆扭，連ＲＩＮＥ都變成在校款。

我明明只說了對的話……這是多麼沒天理。

「好～～那大家就分成六人一組的小組吧～～應該也會有意見說要公平抽籤……但老師特意希望你們自由決定分組！因為老師希望這趟教育旅行能讓大家玩到盡興！」

鄉崎老師的提議看似貼心，對沒朋友的人來說卻很嚴厲。

全班立刻熱鬧起來。

結花籠罩著比剛才更嚴重，甚至讓人感受到殺氣的氣場，面無表情。

——就這樣……

驚濤駭浪般的教育旅行分組揭開了序幕。

◆

「喂，遊一！我們同一組吧！」

「那當然。」

坐我隔壁的刺蝟頭損友——阿雅提出邀約，我二話不說就答應了。

阿雅完全不隱藏自己身為御宅族這點，開放到了令人清爽的地步。

阿雅和總是難免在意旁人目光的我是類型相反的御宅族……但說來說去，我們從國一就一直混在一起。

坦白說，就算阿雅沒邀，我也會邀他。

這非常難以啟齒——但要說班上男生當中和誰分在同一組我才不用有顧慮，我也只想得到這傢伙。

「……所以，其他人你打算找誰？」

「你先別急。要冷靜啊，遊一……你沒聽過欲速則不達這句話嗎？」

「聽是聽過，但我搞不懂你這麼引用的意思。」

這傢伙想說什麼啊？

阿雅一臉跩樣地對有點傻眼的我展開他的理論。

「你知道嗎，遊一？這趟教育旅行是六個人一組。正因為這樣，現在全班同學才會那麼起勁，想找要好的成員組成六人小組。可是啊……我們班上一共有三十四人，也就是說，六人×五組成立時——算下來就會剩下四個人！」

「……然後呢？」

「你這傢伙真不開竅啊。你想想，只要我們兩個不行動，等到最後就會自動——和剩下的兩個人分在同一組！畢竟剩下的可都是擠不進六人小組的人啊，不是開朗角色或囂張的傢伙……都是些無害的傢伙才會剩下來。你不這麼認為嗎？」

總覺得被一個特大號迴力鏢打中，不過這點就先不管。

「你說無害，可是如果這兩個人是和我們完全沒有交集的人，要怎麼辦？那也很難搞吧？」

「我反而要問你——你可以主動邀到兩個很好搞的人嗎？」

「……唔唔唔。」

這果然也是迴力鏢啊。

「也是啦，搞不好鄉崎老師也可能要最後兩組分成五人×兩組。不過不管是兩個人還是三個人，都一樣是被挑剩的人。如果都是些聊不來的人，到時候……我們兩個就一起玩個《愛站》撐過去吧！」

阿雅說的話的確很極端。

但這確實……可以算是較佳的做法。

眼前還是先觀望班上同學的動向吧……

「桃乃～～跟我們一組吧～～」

「不～～行啦，桃是我們這邊的。」

「喂～～桃乃！要不要跟我們一起玩？我們一定會讓妳開心的～～」

「嗚哇！色心好明顯！桃乃～～別管那種男生了，來我們這邊啦～～」

……感覺周遭傳來了異世界的對話。

外表是開朗角色辣妹，內涵是特攝系辣妹——名字就叫二原桃乃。

二原同學身邊不分男女聚集了很多同學，邀她進同一組。這就是開朗角色的社群嗎？說得保守點，有夠可怕。

然後——我把視線移向較遠的座位上。

我看見了不和任何人對話，孤伶伶坐在位子上的……結花。

學校款結花醞釀出一種樸素又古板的氣息，朋友很少。

雖然因為校慶，開始有比較多班上女生會找她說話……但結花不知道如何回應，都會不由自主做出冷淡的對應。

她尚未和大家打成一片——還不到可以順利決定教育旅行分組的地步。

我覺得胸口一陣抽痛。

『跟小遊去教育旅行！今年是去沖繩耶！嘻嘻嘻……好期待喔！』

結花先前傳來那麼開心的ＲＩＮＥ訊息，現在則靜靜坐在椅子上。

要我放著這麼難過的結花不管……我實在辦不到。

「喂……喂！遊一！」

阿雅發出跟不上狀況的叫聲。

然而，我的腳步既然跨出就再也停不住。

「綿苗同學，如果不介意，要不要跟我們……同一組？」

「……咦？」

我站在低頭不語的結花身旁，鼓足了勇氣這麼說。

結花睜圓了眼睛，猛地抬頭。

雖然覺得全班一陣譁然……但我不敢看，所以也沒回頭。

「妳也知道我和阿雅兩個人也是剩下的，我就想說如果綿苗同學也，呃……沒有計劃加入別組，要不要跟我們一起……」

「……是沒關係啊，我也找不到什麼理由拒絕。教育旅行這種事，不管分在哪一組都沒什麼兩樣……嘻嘻。」

總覺得最後她用只有我聽得見的音量冒出了居家版結花的笑聲？

臉上明明維持學校版酷酷的面無表情，妳也太行了吧！

「是喔！聽起來有夠好玩的嘛～～！那麼，佐方，也讓我參加吧！」

就像要打破班上隱約有些譁然的氣氛——二原同學以活潑的聲音說了。

然後跑到我和結花身邊。

「這不是很好嗎～～在校慶很努力的三人組一起去教育旅行！感覺會超開心的！而且如果是教育旅行……說不定又可以看到綿苗同學的女僕微笑喔。」

「……那倒是不會。」

「喂，二原！不要用三人組來定義！這樣豈不是把我排擠出去了……要是沒有遊一在，我就得度過地獄的教育旅行耶！」

「我知道啦。沒關係沒關係，倉井也一起！我們四個人一起來一趟開心的教育旅行吧！」

「咦……桃，妳是說真的嗎？」

到剛才還在邀二原同學的一名同學發出不解的聲音。

班上開始為了別的事情譁然。

然而——辣妹不愧是辣妹。

「不，你們想想，從剛才你們不就為了搶我而爭執起來嗎？教育旅行就是要開心，吵架就太無聊了吧？所以……你們就別管我，自己分組吧。你們也知道，我就是那種不管跟誰一起玩，都可以玩得很開心的類型啊。」

這番話有一半是真的，一半是騙人。

二原同學的確是個不管跟誰在一起都可以玩得起勁的人……但她能展露出真正自己的對象，就只有結花。所以我認為，二原同學也是跟結花同一組才會更開心。

而且二原同學很有那種變身英雄的氣質。

要她放著孤伶伶的結花不管，又或者是無視我和結花的關係被懷疑的情形——這種事她多半是做不到的。

謝啦，二原同學。

——就這樣……

教育旅行的分組定案了……我、結花、二原同學、阿雅這四個人一組。

第7話 【緊張】未婚妻的師姊連講電話都氣勢逼人

「再～～睡～～幾覺，就～～是～～♪修學～～旅～～行～～♪」

不，還有一個月以上，還得睡三十覺以上。

而且妳改的這是什麼歌啦？就算是期待去遠足的小學生也不會這麼亢奮吧？結花就是起勁到了這個地步。

回到家以後，結花就一直是這樣。

無論是為我們做晚餐的時候，還是像現在這樣一起吃飯——都一直維持這麼亢奮的情緒，一直笑咪咪的。

「結花……我知道妳有多期待了，不過還是先冷靜下來吧？」

「為什麼～～？畢竟光是跟小遊就很開心了，還連桃桃都加入同一組耶！至於倉井，我跟他沒說過幾句話，但也不是我那麼不會應付的類型……這樣子，想也知道這次教育旅行——會成為我個人史上最棒的一次嘛！」

「理由我明白，有這樣的組員，我也鬆了一口氣沒錯啦……可是也太快了！還有一個月以上，要起勁也太早了啦！」

在教育旅行到來前就一直這樣消耗熱量的話，還沒出發就會融化消失了。

被我這麼一說，結花刻意鼓起臉頰說聲：「好啦～～」夾了一大口薑汁燒肉放到嘴裡。

然後咀嚼了一會……臉頰又鬆弛下來。

「結花，妳的期待外漏了，都外漏了。」

「人家就是有夠期待，有什麼辦法嘛。我其實好怕教育旅行之類的事……最不安的，就是小組會怎麼分。沒想到竟然會有這麼棒的組員——感覺就像從地獄上到天堂，就覺得好開心！」

「是啦，遇到合不來的組員會讓教育旅行變成地獄，這我是同意啦……不過這樣說來，二原同學幫忙說服鄉崎老師，真的是很令人感謝啊。」

二年A班一共有三十四人，而教育旅行分組是分成六人×五組，以及四人×一組。

如果考慮平衡性，一般應該會分成六人×四組，以及五人×兩組吧。

鄉崎老師當然也做出了這樣的提議。

然而——

「可是鄉崎老師，把一度定好的分組重新分過——這樣不是讓難得的『青春』打折扣嗎？」

二原同學的這個意見為這整件事定了調。

分成六人×五組，以及四人×一組——也就是說，我、結花、二原同學、阿雅這一組，正式定案了。

辣妹真有一套，竟然能把熱血教師玩弄於股掌之間……將來不可限量。

「桃桃她每次都好帥氣喔……我真的好喜歡她！桃桃外表非常可愛，內涵卻像個型男英雄。如果桃桃是男生，大概會像偶像明星那樣受女生歡迎！」

「勇海呢？」

「她扮男裝Cosplay的時候，是型男沒錯啦，可是內涵……算是煩人可愛型？」

「那由呢？」

「外表可愛，內涵也可愛！」

原來如此。

我只是一時想到才問問看，結果概略得知了結花心中對身邊親友們的評價。

「啊……我只是順便說一下喔，小遊是外表超級型男！可是，又很有可愛的感覺。內涵，該怎麼說呢……天使？神？嗯～～總之——是這世上存在的所有話語都形容不了的No.1！」

「我沒問妳這個好嗎！還有，妳這個認知絕對有偏差！」

真希望從下次開始，結花說起我的時候能加上一段字幕寫著：『這個小遊是虛構人物，與現實中的小遊無關。』

結花的偏誤太嚴重，這完全是虛構的小遊了吧……

「……可以說一點比較陰沉的話題嗎？」

我聽到結花以小得幾乎聽不見的音量喃喃細語。

接著看見她抬起頭來，仰望著天花板——開始述說：

「之前不是說過嗎？我國中那時候，把自己關在家裡一年左右。所以啊，我……沒參加國中的畢業旅行。」

「啊……」

在聽到她說起這件事之前都沒察覺，讓我覺得自己很可恥。

這種事情，明明只要稍微想一想——就會想到。

「國小的時候，我也因為發燒而沒去成。所以……這就是我第一次，也是最後一次教育旅行。嘻嘻嘻……我才會有點開心過頭。」

「對不起。我連妳的這種心情都不知道，還……」

「啊，不……不是啦！我完全沒有因為這樣覺得受傷喔。因為我已經——能夠把國中時代的遺憾留在那間教室裡了；因為我已經決定，在高中創造很多很多開心的回憶……我只是想著，希望小遊可以一起過得開心！」

痛苦的國中時代。

想必這傷痕到現在都還留在結花心中。

變成舊傷，漸漸結痂。

既然結花想全力讓「當下」過得開心……

「——那當然。我也覺得如果是和結花、二原同學和阿雅一起參加教育旅行，一定會很開心。所以，我們一起……創造很多很多開心的回憶吧，結花。」

「……嗯！」

結花重重點頭，露出向日葵似的笑容。

看到這樣的結花，我感覺到自己的臉頰也跟著放鬆。

——正好就在這樣的時機。

結花的手機傳來ＲＩＮＥ電話的來電鈴聲。

「哇！會是誰呢？是久留實姊嗎？還是桃桃——咦？」

結花拿起放在桌旁的手機，一看到畫面……表情顯得有些僵硬。

「結花，怎麼啦？」

「小……小遊……我接一下電話，你可以不要有動靜嗎？因……因為是蘭夢師姊打來的！」

原來如此，我明白了。

我點點頭，緊閉上嘴。

結花朝這樣的我一鞠躬——然後設定成擴音之後，接起ＲＩＮＥ電話。

『喂？結奈，不好意思突然打給妳……妳有時間講電話嗎？』

「有……有的！當然可以！」

——就這樣……

和泉結奈與紫之宮蘭夢……即將組新團的兩人之間開始了通話。

◆

『聽說妳前天跟鉢川姊見面了，我就好好說一次……結奈，我們兩個人要讓這團成功。』

「好……好的……蘭夢師姊，我會努力！」

『只努力是不夠的。結奈……妳得有一定要成功的覺悟。』

前輩聲優講電話劈頭釋放出的壓力就非常驚人。

不愧是為「第六個愛麗絲」——《愛站》人氣第六名的蘭夢配音的紫之宮蘭夢。
我以前在網路上查過關於她的事情。
紫之宮蘭夢與和泉結奈加入同一間經紀公司「60P製作」的時間……竟然差不到半年。聲優資歷第三年，卻已經擁有這種大老級的氣派。
「愛麗絲偶像」蘭夢為了站上偶像的頂點，不惜付出任何努力，而這種嚴以律己的冰山美人感就是這個角色的魅力所在。
雖然年齡設定為高中生，卻已經做出怎麼看都不像是高中生會有的覺悟，有著對自己和對別人都很嚴格的一面。
然而……似乎是因為滿腦子只有當偶像的事，私生活意外地有很多地方少根筋，這樣的反差萌也是有的。
而為這樣的她配音的紫之宮蘭夢也——雖然不知道私生活如何——和角色一模一樣，是個嚴以律己，猶如冰山的聲優。
『我是在想，希望盡快討論各種組團要討論的事情。想來鉢川姊也有和妳聯絡，我是想約這週的週六或週日。團的方向性、配合活動行程的練習……有一大堆事情要做呢。』
「是……是的！沒有問題，我會努力！」
『歌曲和舞步聽說是已經準備好了……所以首先要商量的大概就是團名？關於團名，聽說概念是要讓我們來決定。』

「好……好的！我們來取個美妙的名字吧！」

『……妳發言內容會不會太淺薄？』

不只開頭，前輩聲優的壓力一直都很強大。

又不是視訊通話，但結花還是一直跪坐著講電話。

她們明明應該年齡相仿，然而包括說話方式與氣氛，紫之宮蘭夢那種看多了大風大浪、身經百戰的前輩聲優感實是非同小可。

不過也就是這種冷酷又嚴以律己的一面——緊緊抓住了她粉絲的心啦。主要是像阿雅那種。

而結花……也讓我在在感受到她非常尊敬紫之宮蘭夢這樣的師姊。

正因為這樣，她對於這次的組團企畫——大概也是一半期待，一半倍感壓力吧。

『……結奈，前不久我在電話裡說過的事情，妳還記得嗎？』

「啊，記得！就是我有一段時間沒接到電話，所以還沒聽久留實姊提組團這件事的那時候對吧？」

『那個時候我所說的話……我的心意並沒有改變。我期盼這對妳而言是帶來騰捷飛升的機會，也希望……妳要認真挑戰，不要扯我後腿。』

這是在激勵和泉結奈。

同時也是明確地表示——絕對不容她敷衍了事。

光聽聲音都能感受到那強烈的氣場……這就是才第三年就在通往人氣聲優的階梯上奔跑的人所擁有的魄力嗎？

對於這樣的師姊紫之宮蘭夢……

結花——和泉結奈深深吸一口氣，說道：

「——看在蘭夢師姊眼裡，我還乳臭未乾，但我絕對不會扯蘭夢師姊的後腿。雖然我居然能站在蘭夢師姊身邊讓我還不敢置信……既然要做，我就會全力以赴。」

『我就是想聽妳說這句話。』

簡直像是主打熱血與毅力的漫畫裡會有的對話。

在光鮮亮麗的聲優業界幕後，原來展開的是這麼熱血的對話嗎？

……不，我這個外行人也不知道是紫之宮蘭夢屬於特例，還是其他聲優也這樣。

目前看來，今天這通電話要聯絡的內容大概就是「下次來開會討論吧」。

總覺得連我都跟著緊張起來，不過所幸這通電話要說的事並不是那麼重大。

好，等電話講完，我們兩個人就一起悠哉——

『對了，結奈，這次的企畫開端是《愛廣》——我們在廣播節目的合作，才會接到這樣的工作。根據我聽到的說法，是我和妳之間談到跟妳「弟弟」有關的事情，這話題被炒得很熱。』

——驕兵必敗。

電話另一頭突然丟下炸彈。

結花的表情也微微僵硬。

「啊，似……似乎是這樣呢！久留實姊也說了！哎呀～～真沒想到只是說起『弟弟』就會被大家炒得這麼熱呢～～」

『是啊。然後聽說鉢川姊——見到了妳的「弟弟」？』

這次結花的表情完全僵住了。

我想我的表情一定也一樣。

「咦，啊……啊～～……雖然只有一下下，不過是見到了。這……這怎麼了嗎……」

『於是我就問了，問是不是真正的弟弟。結果鉢川姊說……「是個很牢靠的弟弟」。』

這樣啊。原來鉢川小姐——目前還沒把我並非她親弟弟的事實告訴紫之宮蘭夢。

畢竟無論對結花還是對鉢川小姐而言……要把真相告訴她，都是非常重大的事項。鉢川小姐

多半是做出了要解釋也不該是現在這樣的結論吧。

大型聲優經紀公司的經紀人真不是白當的。

她為我們做出了完美的應對……

『——可是，坦白說，我——覺得不對勁。視線的動向、發聲的方式、舉手投足……全都不對勁。鉢川小姐告訴我的真的是「真相」嗎？』

……也太可怕！

咦？聲優可以透過視線和聲音這類跡象看出別人有沒有說謊？

我還以為做得到這種事的只有心靈魔術師或賭徒等少數業界的人呢。

「師……師姊是指什麼呢？」

而我們這邊的聲優也太頂不住了吧！

這樣就算在外行人眼裡，也看得出妳在說謊啊！

『——算了，沒關係。畢竟不管怎麼說，我本來就認為要組團，這件事我非得用自己的眼睛確認過。無論鉢川姊對我說話時表現出來的態度如何……我應該都會做出同樣的請求。』

「咦，請……請求……是嗎？」

——我打了個冷顫。

那是一種就像有一陣冰冷的風穿透背脊的奇妙感覺。

然後……彷彿我的預感猜中。

紫之宮蘭夢以平淡的音色——告知駭人的事實。

『結奈，如果可以，下次開會討論時——一下子也好，可以讓我見妳「弟弟」一面嗎？』

第8話　關於未婚妻最近不太對勁這件事

——從昨天開始，結花就有點怪怪的。

昨天晚上，剛和紫之宮蘭夢講完電話後，她還鬆了一口氣說：「啊～～剛剛好緊張喔……」但感覺應該還和平常一樣。

然而結花出了浴室，回到客廳後——面無表情的程度甚至超越學校款結花。

我嚇了一跳，問她：「妳怎麼了？」她只做出吊人胃口似的發言：「沒事。什麼事都沒有……對吧。」

接著結花……這幾個月來第一次不和我睡在同一個房間。

今天早上也是，說是沒有食慾，連飯也不吃就上學。隨後也是，好幾個月來第一次和我分頭走出家門。

上完課之後，她匆匆忙忙走出教室——比我晚了一小時左右回到家，還全身大汗淋漓。

我當然問：「妳怎麼了？」但她還是只做出吊人胃口似的發言：「什麼事都沒有。真的……

什麼事，都沒有。」

而現在，結花正在洗澡。

「……那由，妳怎麼看？」

『我哪知。』

「是當下那一瞬間沒有沮喪的感覺，但跟前輩聲優講電話的傷害還是在後來慢慢顯現？」

『就說我不知道了。』

哥哥找妳認真商量煩惱，妳也太冷漠了吧。

也不想想我都煩惱到打電話給海外的妹妹商量了。

而那由以隔著電話都聽得見的大音量嘆了一口氣。

『唉……沒出息。別問我，直接去問小結啊。』

「不，我就是完全不知道可不可以干涉……才想聽聽客觀的意見啊。」

『當我是占卜師嗎？這種事情我哪知道。別說那麼多，去吃個晚飯，把自己的腦袋開機想一想吧。』

「……晚飯是吧。說來吃晚飯的時候她也怪怪的啊……」

今天擺到餐桌上的，就只有柳葉魚和丁香魚乾。

連白飯都沒有。千真萬確，只有柳葉魚和丁香魚乾。

說來今天早上也只有柳葉魚和丁香魚乾啊。

柳葉魚和丁香魚乾地獄。

「那是怎麼回事呢——是被魚的怨靈附身了嗎？」

『你白痴啊？』

那由，妳知道簡短的難聽話更傷人嗎？

雖然我也承認剛剛的發言很蠢。

『……嗯？洗了澡，心情就變不好了？柳葉魚和丁香魚乾？……唔。謎題全都解開了。』

「啥？真的假的？那由，結花到底出了什麼事？」

『Next，那由的Hint。嘩啦～～嘩啦～～……更衣間。』

「這是什麼鬧劇？而且，更衣間又怎麼了？」

『眼前你就抓準小結走出浴室的時機，去更衣間。』

「這是犯罪吧？我看妳是想要唬得我淪為罪犯吧？」

『啥啊？虧我認真回答你，你的回報就是毀謗中傷？爛透了……哥你根本是別西卜。呿！』

才剛聽到她用蒼蠅惡魔的名字罵我，接著ＲＩＮＥ電話就嘟一聲掛斷了。

呃，要我跑去有剛洗完澡的女生在的更衣間？

這真的會被逮捕好嗎？

……可是，那由生氣的模樣是罕見的正經啊。

搞不好她給的提示聽起來在鬧——其實很認真？

可是，畢竟她平常就是那樣，可信度也就一半一半吧。

不過——不試試看也不知道，而且就是不知道才只能試試看吧。

所以呢——

我……來到了用拉門隔開的更衣間前面。

洗完澡的結花似乎已經在拉門另一邊，聽得見用毛巾擦拭身體的聲音。

……雖然什麼也看不見，但這樣悖德感好強烈啊。

然後——是一陣唐突的無聲。

過了一會，「咿～～～……」這麼一聲小聲的尖叫當中，我聽見了像是一屁股坐到地上的聲響。

這一瞬間……我對那由提示的半信半疑轉變為確信她說對了。

「結花！妳怎麼了，怎麼有奇怪的聲音？」

「呀！小……小遊，你怎麼會在這裡？你走開！絕對，絕～～對不可以開門！因為，這種事情……很重大，絕對——不能讓你看到。」

——事情很重大？

巧的是，這和那由先前模仿的某名偵探的劇情連上了。

錯不了。

結花被捲進某種重大的事件……為了不連累我，才想跟我保持距離！

真相永遠只有一個。事件發生在更衣間。

可是，知道未婚妻有危機——我不能默默退縮。

我把手放到拉門上。

「結花，我要開門了！」

「為什麼！你是白痴嗎！我明明說絕對不能開了！」

接著我猛力拉開了拉門。

——站在那兒的……

是身上裹著浴巾，剛洗完澡，肩膀和臉頰都染得通紅的結花。

而放在她腳下的——是體重計。

……………體重計？

「啊，該不會，這就是結花從昨天起就不開心的原——」

「…………小遊你這個～～～大笨蛋～～～～～～～～～～～！」

結花大聲尖叫，放在一旁的吹風機飛了過來。

我在劇烈的悶痛當中——眼前一黑！

◆

過了一會。

我額頭上貼著退熱貼，跪坐在地毯上。

另一邊的結花則仍穿著當睡衣的水藍色連身裙，坐在沙發上，有夠用力地瞪著我。

「呃……結花同學？」

「哼！我絕～～對不原諒你！小遊踐踏了少女的純情……人家已經嫁不出去了！」

「我說這話也不太對，不過——妳不是要跟我結婚嗎？」

「啊，對喔，既然小遊會娶我，那就沒關係了吧……不對，哪會～～！笨蛋～～！」

結花像是在表演自己吐槽自己，扔來了坐墊。

雖說是柔軟的坐墊，直接在臉上砸個正著還是有那麼一點痛。

「嗚嗚……為什麼現實中會發生這麼過分的事情……」

「是。我有在反省，這次真的做出了缺乏考量的行動。只是，如果說反省卻讓人看不出反省的樣子，那就該反省是自己的問題──」

「……我是已經原諒小遊了啦。」

結花小聲這麼說。

「咦？」

聽到她意想不到的冰釋前嫌，讓我抬起頭一看──發現她鼓著臉頰，卻用想要我理她的眼神看過來。

「過分的是現實嘛，才不是小遊。」

「呃……這話怎麼說……？」

「啊～～就算要說話，感覺頭上好冷喔～～感覺摸摸頭成分不足啊～～該怎麼辦好呢～～」

搔搔搔。

為了讓結花心情好起來，我卯足全力對她瘋狂摸摸頭。

結花似乎覺得癢，還說：「嗯嗯。很好～～很好～～」

「嘻嘻嘻，以上就是精彩的摸摸頭大賞！」

「然後呢？結花妳從昨天心情就很不好的原因——妳說的『現實』，是什麼事情？」

「……嗚～～嗯～～……不過，畢竟小遊喜歡二次元嘛～～……」

「什麼？妳在說什麼？」

「……我話先說在前面喔，動畫裡會出現的那種有超級小蠻腰，胸部很大的女生，三次元基本上不存在喔。不要只看二次元，要看看現實！」

「這突然的指責是怎樣？我的確是二次元宅，但我可沒有把二次元和現實混為一談啊！」

——就這樣。

結花先來了這麼一段很長的開場白。

然後才畏首畏尾地……說了。

「……增加了。一點點！就只是那麼一點點喔。」

「增加了？難道……是結奈的出場機會？」

「笨蛋笨蛋～～！你一～～定懂吧，剛剛都那樣說了！嗚～～……是體重啦～～」

我本來想開個玩笑緩和一下氣氛，卻被罵得有夠慘。

呃，我也知道啦……畢竟都站上體重計然後尖叫了，我從途中就隱約猜到會是這樣的結局了啦。

「我就想到，為了現場表演得維持身材才行。小遊你也知道，最近有很多活動，像是校慶，運動方面就偷懶了……然後昨天我久違地站上體重計一看，結果……」

「……結果？」

「嗚喵～～！不要問啦～～笨蛋～～！」

結花在沙發上微微鬧起來。

我趕緊把手放到結花頭上，摸摸她的頭髮。

「好的，歸於平靜～～」

「……呼喵。」

冷靜下來了。

我這個未婚妻真讓人搞不清楚是敏感還是單純啊。

「總之呢──雖然只有一點點，但我就是胖了，所以很沮喪～～……」

「呃……很抱歉，我不知道這種時候該說什麼才是正確答案。可是結花──妳不管怎麼看都和平常一樣啊。嚴格說來，妳本來就是偏瘦的類型吧？」

「瞞得過別人的眼睛，也瞞不過體重計的指針。」

我被瞪了。

原來如此，這就是那種愈想說好話，反而狀況就愈糟的題目是吧？

還是先閉嘴一會吧……

「唉～～……既然體重都是要增加，肉肉怎麼不長在胸部就好呢～～……這樣一來，我就可以迷死小遊了……好倒楣喔～～……」

（揉來揉去）

結花有點自暴自棄地隔著衣服揉起自己的胸部。

「如果從底下擠上來……！肉肉會不會移到胸部呢……！」

然後結花用手掌試圖把皮下脂肪從肚子搬運到胸部——

「呃，停手停手！這種事情，至少進了自己房間再做好嗎！」

「就是說啊～～……平胸還發胖，這麼悲慘的我還垂死掙扎，小遊根本不想看吧～～……」

「妳也自虐得太凶了吧！這種話我一句都沒說！」

就只是眼睛不知道該往哪兒看，而且這樣的行動會讓男生腦袋不正常，我才叫妳停手！在家

的結花也太不設防了吧！

「——好！我下定決心了！」

我一下子大感疲憊，結花卻在我身邊突然擺出握拳姿勢，雙眸燃起火焰……朝我看過來。

然後以強而有力的口吻宣告：

「我從今天起——開始進行減肥作戰！我要變得身材火辣，既是為了讓自己在現場演唱會上不丟臉……也是為了迷得小遊暈頭轉向！」

「不，我就說，妳現在這樣也夠……」

「所以小遊……請你協助我進行減肥作戰！」

「什麼！」

我家這個少根筋的未婚妻又說出這種天外飛來的點子了。

可是，結花自己以極為正經的表情大力勸說：

「不是都說這種事如果只有自己一個人做，就會容易偷懶，最好能有人好好看著自己嗎？而且對我來說，最害怕的就是……小遊對變胖的我厭倦了。也就是說——由小遊看著我，能夠對我施加雙重壓力，減肥的成功率應該也就會大幅提昇！」

「不不不！妳說的話聽起來對，但這理論根本到處都是漏洞好嗎？」

「……是喔？原來小遊不肯幫忙啊～～也不想想你擅自闖進更衣間？擅自揭穿少女的祕密？

還給了我這樣的羞辱？是喔？哦～～是喔？」

……………唔唔唔。

這些也全都是佐方那由那個女的害的。

「所以，說來抱歉，可是……有勞你了，小遊！我接下來——會改變的！」

哎，如此這般。

結花的減肥作戰（ｗｉｔｈ我）就這麼開始了……

第9話 在女生敏感的話題上不能踩到地雷，這遊戲會不會太難？

星期六。

記得明天應該是要和鉢川小姐與紫之宮蘭夢開會討論組新團的事情。

現在的結花卻對另一件事極為投入——甚至讓人懷疑她是不是連這麼重要的事情都忘了。

「雖然是秋天，早上還挺冷的呢～～小遊。」

「畢竟才五點啊。一大早的，當然會冷了……」

「還不是因為小遊說要選不會遇到認識的人的時段嘛！」

我和結花一邊這樣閒聊——一邊換上了運動服。

我為了不讓稍長的瀏海披下來，用毛巾像頭帶似的圈住腦袋，穿著運動服。

而結花雖然沒戴眼鏡，頭髮卻綁成馬尾，是介於居家&在校中間的運動服&短褲打扮。

我平常都過著室內的生活，實在不太習慣這種感覺。

我想著這種事，和結花一起——在家門前熱身，像是做做屈伸動作、拉拉阿基里斯腱。

第9話
在女生敏感的話題上不能踩到地雷，這遊戲會不會太難？

沒錯……然後，等熱身完畢。

我就要陪結花進行減肥作戰——一起跑步。

「……我再問一下。結花，妳是真的——打算跑步吧？」

「那當然！要甩掉增加的體重……就要做有氧運動！為了變成經得起現場演唱的好身材，也為了擁有符合小遊喜好的迷人身材——我要努力！」

「我想妳一定聽不進去，不過我最後還是再說一次喔，我可一點都沒覺得妳胖了。」

「謝謝你。可是啊……不管什麼時候，數字都是殘酷的啊，小遊。」

我懷著些許期盼說出的話仍然沒被聽進去。

結花被一種叫作減肥的魔鬼上了身……開始了慢跑。

「呼……呼……」

冰冷的空氣灌進喉嚨，讓我差點忍不住咳嗽。

更嚴重的是，呼吸變得急促，讓我渾身難受。

不是我誇口——我完全不喜歡運動。

比起運動的秋天，我更傾向讀書（漫畫、輕小說）的秋天。

我是假日喜歡關在家裡，看看動畫，玩玩《愛站》的那一派。

「小遊，你還好嗎？要不要把步調再放慢一點？」

「不……不了……我還，可以……」

另一邊的結花雖然全身是汗，表情顯得仍有餘力。

聲優真不是蓋的。

結花平常和我一樣過著室內派的生活，但可能是因為有好好上各種課程——基礎體力就不一樣。

畢竟這年頭的聲優除了配音，還需要會唱歌、跳舞等各式各樣的才藝。

像結花以前也幾乎沒有現場演唱的機會……但組團企畫才剛定案，就突然要在五個地區開店鋪演唱會。

相信她就是為了無論何時得到這樣的機會都要能抓住，平常就很努力在上基礎課程吧。

——話說回來……

身為未來的「丈夫」，比結花先累癱……實在說不過去。

雖然我熱愛二次元，但這麼點渺小的自尊心還是有的，身為男人。

「……好，結花，我們加快步調吧。」

「咦，要加快？小遊，你會不會昏倒？」

「不用擔心。因為只要有結奈的聲音為我加油——我的體力就會完全恢復。」

「這是哪門子的體質！可是，既然這樣……咳。來來來～加油！結奈最喜歡——這樣拚命努力的你了！」

——佐方遊一的體力計量表完全恢復了。

原已漸漸模糊的腦子變得清晰。

感覺視野變得開闊，手腳變得輕盈。

甚至覺得現在要飛天——可能都辦得到。

結奈真有一套……不愧是療癒的女神。

「等等，小遊！好厲害，真的加快步調了……！」

「只要有結奈的聲音——我隨時都能全力以赴！所以結花要減肥……我就陪妳跑到底！」

「……謝謝妳，小遊。好～我絕對要練出好身材，把粉絲和小遊都迷得暈頭轉向！」

如此這般……

我和結花在早晨的鎮上跑了一小時以上。

雖然這個時候，我們作夢也沒料到——竟然會迎來那樣的結局。

◆

「呼……好累啊……」

我跑完步回到家，在剛進玄關的走廊上倒下，整個人躺著氣喘吁吁。

我全身都在噴汗，腳也有夠痛的。

「呼啊……我也好累啊……」

結花在我身旁癱坐下來，頭垂著不動。

瀏海因為汗水貼在額頭上，臉頰染得通紅。

該怎麼說……感受到一種健康的性感。

「運動量是很夠了……可是都熱起來了耶。一開始還那麼冷。」

「就是啊……我心臟還在撲通撲通跳，這可體認到平常有多缺乏運動了……」

「啊哈哈……不過，還是好熱啊～～……」

結花說著拉開運動服前面的拉鍊，露出白色的T恤。

然後開始用手掌往自己身上搧風。

咦……那是什麼呢？T恤的胸口附近。

總覺得，看見了粉紅色——

「…………！」

當我發現那就是所謂的「內衣外透」，急忙將視線從結花身上移開。

可是……我的視線彷彿受到吸引，就是忍不住再次朝向結花的胸口。

因為汗水而緊緊貼在皮膚上的白色T恤。

讓我即使隔著衣服都看得出結花苗條的體型。

胸口也是一樣緊貼——露出小但漂亮的曲線。

同時——包覆她胸部的粉紅色內衣也……

完全透出……連蕾絲的形狀都清清楚楚浮現出來。

「……？小遊，怎麼了？這樣盯著我看……」

「啊，沒……沒有！什麼都沒有，什麼事都沒有！」

我和瞪大眼睛的結花對上視線，趕緊撇開臉。

不妙不妙。

身為一個人，就算是未婚妻——在她衣服因為汗水而變透明的時候盯著她，實在不行。

可是……也不知道她想到什麼。

結花輕輕把手放到我頭上——然後用力一轉。

她硬把我的臉轉朝向她。

——因為汗水而透出來的性感曲線。

——有蕾絲的粉紅色內衣。

結花衣服底下的一切……占滿我整個視野。

「等等，結……結花！妳在做什麼？」

我的頭被固定，只好趕緊閉上眼睛不去看。

我都在顧慮了……結花卻以莫名開心的語調輕聲說：

「嘻嘻嘻……可以看喔。多看看我……」

「咦！可以——看嗎？」

「……嗯。因為小遊……不就是想看我嗎？」

這是什麼魔鬼的甜言蜜語。

這種事情，如果對象不是未婚妻，我第一個就要懷疑是不是美人計。一旦上當，就會被一群黑衣人帶走對吧？這招我聽過。

可是……對象是我未婚妻，綿苗結花。

這樣的結花都說「可以」了，所以……

——我可以看嗎？

我心中的理智和本能在對抗……結果理智還挺快就被ＫＯ了。

於是我慢慢睜開眼睛。

結花透出的身體占據我的視野。

「嘻嘻嘻。果然出來運動真是太好了……有氧運動，馬上就有了瘦身效果呢！因為小遊不就是看到我身材變好——整個迷得暈頭轉向嗎？」

「…………嗯？」

「好～～那麼小遊！儘管看著我變瘦的身材看得暈頭轉向吧～～」

說著她將右手臂放到腦後。

她露出有點靦腆的得意表情——做出了像是寫真女星會擺的姿勢。

擺出這樣的姿勢，胸前當然會更被強調……「內衣外透」的情形也更加惡化。

衣服根本已經變成有和沒有差不多了。

「來，小遊！看到我變得比剛才瘦，請說說感想！」

「咦……啊，嗯……粉……粉紅？」

「……粉紅？」

聽見我方寸大亂忍不住說溜嘴的這句話，結花露出狐疑的表情。

她將朝向我的視線——緩緩落到自己身上。

——接著……

「嗚呀啊啊啊！透……透出來了～～？」

「對不起，對不起！妳說可以看，我心中的魔鬼就！」

結花在連連道歉的我面前用雙手遮住胸部。

她臉頰飛紅，嘴唇噘起——由下往上看著我說：

「……對不起喔，事出突然，我就沒有心理準備……因為很難為情。呃，小遊想看……我是有點開心喔。」

「開心……嗎？」

「這種問題，不要又問一次啦……好色。」

結花說完，靦腆地「嘻嘻嘻」笑了幾聲。

然後輕聲細語：

「畢竟是我最喜歡的小遊嘛。既然小遊覺得我有魅力——想也知道我會開心嘛。」

◆

如此這般──我用毛巾擦拭渾身是汗的身體，換上居家服後，在客廳的沙發坐下。
腳比想像中更脹啊……
至於結花，她先去洗澡了。
──我是不知道跑步能不能立即見效。
但我心想，但願量出來的結果能帶給結花一些滿足。
因為結花像昨天和前天那麼煩惱的模樣……我實在看不下去。

「……咿～～～～……完蛋了啦～～～～……」

我聽見一聲細小的哀號──緊接著客廳的門打開。
換上居家服的結花當場倒到沙發上。
「結……結花！妳……妳還好嗎？」
「一點都不好～～……我是體重根本沒減的胖妹結花～～你好～～……」

「妳這也太自虐了吧！就說妳一點都不胖了，妳冷靜點好嗎？」

我一邊安慰絕望的結花——一邊心想這再怎麼說也太奇怪了。

畢竟我們跑了那麼久耶。

完全沒減也太奇怪了吧？

該不會是體重計有什麼問題……

所以——我帶著陷入絕望的結花到更衣間。

裡頭有那個體重計。

「順便問一下，結花，妳跟以前比，增加了多少？」

「……好好好，我說，是兩公斤。兩公斤！高中女生，增加兩公斤！」

我不管吵鬧的結花。

先站上體重計試試。

指針猛一晃，指出的體重是…………

「……嗯。我也比上次量的時候多了兩公斤啊。」

「討厭～～～……這就表示是我準備的飯菜不好？這樣我根本不能當你的老婆～～……」

「不不不，不是這樣——我要說的是，我看這體重計不準吧！」

「……咦？」

我從體重計下來，心想不知道能不能調整指針，於是翻過來一看。

結果——看見底下貼著一張像是從筆記本撕下來的便條。

『如何？期待你們以減肥為名目，發展為生育運動。』

——又是那丫頭幹的好事嗎！

我產生了那由像個小惡魔一樣「嘿嘿嘿」笑的幻覺，深深嘆了一口氣。

「……我就一直覺得不對勁，因為校慶後，她什麼惡作劇都沒做就回去了。我那個笨妹妹怎麼可能什麼都不做呢……所以啦，結花，這次的減肥之亂是那由對體重計動了手腳才——」

「……小遊，我可以去打個電話嗎？」

——後來。

那由在電話裡被修羅般的結花痛罵。

聲淚俱下地連連喊著：『對不起，我下次不敢了。』

不過……這完全是她自作自受啊。

第10話 聲優團開會超乎想像地熾烈

「你好，遊一。」

星期天早上，來到我家的——是和泉結奈的經紀人鉢川久留實小姐。

她留著髮尾稍微澎捲的咖啡色短鮑伯頭。

而且體型苗條，身材修長，看上去與其說是經紀人，更像是個模特兒。

上眼皮擦了橘色眼影，嘴唇上了粉紅色口紅，成熟的妝容或許也更襯托出這樣的印象。

鉢川小姐整了整披在白色襯衫外的黑色外套，把從窄裙下露出的苗條雙腿併攏——深深一鞠躬。

「啊，呃……結花平常承蒙照顧了。」

鉢川小姐細心打招呼的方式很有社會人士的樣子，相對地，我則吞吞吐吐，鞠躬回禮。

連我自己都為自己的社交性之低感到沮喪……

「早安，久留實姊！」

第10話
聲優團開會超乎想像地熾烈

我身後傳來活力充沛的招呼聲。

比萬里無雲的藍天更通透的悠揚優美的音色。

由宇宙的美匯集成的結晶——結奈。

我回過頭，看見的是一身打扮幾乎讓人誤以為是從畫面中跳出來的結奈的——和泉結奈。

咖啡色頭髮在頭頂綁成雙馬尾。

就像觸角似的在臉頰旁邊彈跳。

身上穿的是粉紅色長版上衣，搭配格紋迷你裙。

迷你裙與黑色過膝襪之間的絕對領域甚至讓人覺得這裡就是天堂。

結花——和泉結奈這麼一身有夠可愛的打扮，活力充沛地笑了。

「今天要請多關照了！雖然很緊張——我會努力的！」

「早啊，結奈。今天請多關照了，我也會全力支援妳的。」

聲優與她的經紀人說得挺起勁。

只是粉絲的我——能夠見證這種寶貴的場面，這奇蹟讓我大為感動。

接下來要針對新團的事務開會討論。

在經紀人鉢川小姐的見證下。

由和泉結奈與紫之宮蘭夢——面對面討論。

昨天，結花因為即將與充滿領導魅力的師姊開會，整個人心浮氣躁。

而現在，或許是因為緊張達到極限……反而變得很亢奮。

「遊一也準備好了嗎？」

「……我是換好了衣服。呃，我真的也要去……？」

「那當然！不管什麼時候，只要有小遊在身邊，都能讓我有百人力……不，是一億人力！這麼重要的局面，小遊怎麼可以不在嘛！」

「對不起喔，結奈她很堅持。我是打算先在開會地點附近找個地方讓你待著。」

「對不起……好像給您添了很多麻煩。」

自己負責的聲優其實有個祕密未婚夫！

——光是這件事，我想已經讓她多所操心。

連開會的場面都讓她多方設想，讓我實在過意不去。

鉢川小姐似乎猜到了我的這種心情，以開朗的語氣說：

「沒關係，你不用放在心上。因為這是經紀人的本分。」

「久留實姊，每次都很謝謝妳。對不起，老是給妳添麻煩。所以相對地，我真的會全力──和蘭夢師姊討論！」

「可是，結奈……『弟弟』的事，妳打算怎麼辦？昨天我打電話跟蘭夢說了，結果她──滿心想和妳的『弟弟』見面。」

鉢川小姐朝我瞥了一眼。

咦，結花該不會──想讓我和紫之宮蘭夢見面？

我怎麼想都只看得見腥風血雨的未來景象……

「啊，不是啦！我要小遊在身邊待著，只是要作為我的精神支柱！」

結花似乎察覺到了我的不安，就笑咪咪地打圓場。

「呃，那『弟弟』這件事，妳打算怎麼處理？」

「關於這件事，我有自己的『計畫』！」

「計畫？」

「哼哼哼……」

不不不，現在不是哼哼哼的時候了吧！

妳為什麼一副「到時候你們就會知道」的調調？

結花所想的「計畫」──說來是有點過意不去，不過結花這麼少根筋，我反而比較擔心她會做出什麼好事來。

然而結花顯得非常賣力，大大地伸出右手。

「好～～那麼小遊，久留實姊……我們一起加油吧！」

就這樣……

結花深深戴上黑色帽子，披上薄的長大衣，變裝成不易引起注意的模樣。

朝著決戰之地——與紫之宮蘭夢開會的地點，意氣風發地邁出腳步。

◆

我和結花搭鉢川小姐的車去一處快要到都內的地點。

那兒有一間有著古典的裝潢，很時髦的咖啡館。

和連鎖店相比就散發出一種高級感，店內安靜且氣氛很好。

看來這個地方就是開會地點。

「不好意思，我是有預約的『鉢川』。」

接著，和泉結奈與鉢川小姐面對面就座。

相對地——我則被帶到斜對面的另一桌。

原來如此。從這裡可以把結花的臉看得清清楚楚啊。

我一邊確認這些……一邊把玩著戴不慣的平光眼鏡。

……有必要連我都變裝嗎？

結花說：「為防萬一！」要我戴，所以我姑且還是戴著。

「…………！」

結果，結花和我對到眼之後——嘴角放鬆得有夠誇張。

她忸忸怩怩地朝我輕輕揮手。

……我想應該是不至於，但該不會是想看我戴眼鏡的模樣才要我戴的吧？結花妳為什麼這麼亢奮？

事到如今我也不計較了——不過等紫之宮蘭夢來了，妳可絕對不能再做這種事情喔。

我是想說服自己安心，但結花平常就徹底少根筋……我還是會擔心她會不會無意識間搞出什麼狀況來。

「不好意思，久等了。」

這時……我聽見一個語氣平淡卻格外響亮又動聽的說話聲。

接著，一名戴著有帽簷的帽子遮住眼睛的少女走到結花她們的桌旁。

——是紫之宮蘭夢。

她壓倒性的存在感讓我忍不住倒抽一口氣。

一頭紫色直髮留到腰際。

身上的衣服則和舞台上的搖滾風服裝不同，是以黑色為基調的哥德風服裝。

錯不了——這穿搭是重現蘭夢的便服打扮。

「辛苦了，蘭夢。那麼，蘭夢坐我這邊靠裡面的座位。」

「好的。失禮了，鉢川姊。」

在起身的鉢川小姐促請下，紫之宮蘭夢坐到了結花對面的位子。然後鉢川小姐在她身旁重新坐好。

——穿成結奈模樣的和泉結奈與穿成蘭夢模樣的紫之宮蘭夢，面對面坐在咖啡館裡。

這是怎樣？我是穿越到了《愛站》的世界嗎？

抱歉啦……阿雅。

這個狀況我沒辦法找你來，但只有我不小心見證這種如夢似幻的場面實在過意不去。

不過就算他待在這裡——肯定也會大聲嚷嚷，然後就被店員攆出去。

「結奈，今天要請多指教了。」

「好……好的！請多指教……蘭夢師姊！」

從我的位置只看得到紫之宮蘭夢的背影。

但她挺直的腰桿、優雅的舉止……都在在讓我感受到她的氣場。

這就是「第六個愛麗絲」蘭夢的聲優——紫之宮蘭夢。

——打完招呼，她們點的飲料也都端上桌。

三人開始討論新團的事務。

至於我，則一邊頻頻窺探她們的情形一邊喝著咖啡。

「首先，這就是妳們團要唱的歌詞。還有，關於舞步——他們說大概是這樣。」

鉢川小姐把看似寫了歌詞的紙交給她們兩人後，操作自己的手機，開始播放影片。

大概是編舞師的影片吧？

歌曲和舞步——這讓我感慨萬千地想著：結奈終於也得到了這樣的機會。

「……原來。看來不是太難的舞步呢。」

「畢竟離店鋪演唱會的日子沒剩多少時間了，行程很緊。編舞師似乎是想了好記的舞步。」

「這歌詞好棒喔！該怎麼說，感受得到就是結奈和蘭夢的心聲呢……我好喜歡這個！」

「結奈有著『太陽』般的天真爛漫，蘭夢有著『月亮』般寧靜的熱情。這歌詞不讓兩者互相衝突，把雙方都表現得很好呢。雖然配上了很流行風的曲子，但把兩人相反的個性描寫得很紮實，是和妳們的形象很搭的歌詞。」

「是！」

結花感覺派的評語和紫之宮蘭夢分析派的評語，兩者之間的差異好大。

雖然要說這樣符合角色形象也的確是符合啦。

「公演就如之前所說，預計要在五個地區進行。行程差不多是這樣。」

鉢川小姐又將紙張交給兩人。

「好厲害～～……大阪、沖繩、名古屋、北海道，都是我沒去過的地方……」

「壓軸是東京公演嗎？期間差不多是兩個月……感覺就像巡迴演唱會？雖然店鋪演唱會的規模不會那麼大。」

兩人各自說出了感想。

結果——即使看在我眼裡，也能感受到結花的表情有了陰影。

「結奈，妳怎麼了？」

「啊，沒有……關於這個沖繩公演……」

「咦？我打錯了什麼字嗎？」

「不是。不是這樣的……我是想到，這個日程……正好跟教育旅行撞期。」

……這句話讓我不由得倒抽一口氣。

結花國中時的教育旅行——和她抗拒上學的時期重疊，讓她沒能參加。

然而，她不把這段過去當成遺憾……而是誓言在這次的教育旅行全力玩得開心，創造出很多「現在」的回憶。

對於想這樣克服過去的結花而言，這趟教育旅行——真的是無可替代。

「這樣啊……我也不知道。我這邊會先去問問看日程能不能調整——」

「……妳用這麼天真的想法跟我組團？」

鉢川小姐正要幫忙說話，紫之宮蘭夢就打斷她，做出宣告。

聲調平靜但沉重。

「我是說，如果是我，在聲優這嚴苛的業界，得到這個從天上掉下來的能夠帶來飛躍的最大機會——我不會有一丁點不以此為優先的想法。換作是我站在同樣的立場，我想……我會毫不猶豫缺席教育旅行。」

「…………」

「也……也是啦！蘭夢的想法就是這樣吧！這我懂，可是啊……」

「我不是問鉢川姊——是在問結奈。」

紫之宮蘭夢牽制想幫忙說話的鉢川小姐，繼續說道：

「我不打算強迫妳。如果妳選教育旅行，那也是妳的選擇。可是……既然要組團活動，那也會影響到我。所以，我就坦白把話說在前面——如果因為這種理由，招致讓這個重要的舞台毀掉的結果，我一定沒辦法原諒妳。」

我用理智勉強按捺住想起身的衝動。

我用力，很用力地……握緊了裝著咖啡的杯子。

——不能說紫之宮蘭夢的意見是錯的。

對於在工作上總是嚴以律己的她而言，這樣的思想是理所當然。

既然要組團，會有這樣的憤慨也很有道理。

不是在背地裡說壞話，而是正大光明地明白宣告，這種態度——反而更誠懇，這我也能夠理解。

可是……我就是會想到一旦被她這麼說，結花就會動搖。

因為紫之宮蘭夢這個師姊對結花而言——就是這麼重要的人。

這不是誰的錯。

雖然不是誰的錯……但我身為結花未來的「丈夫」，知道這趟教育旅行有多重要。

卻又什麼都不能做，這樣的無力——讓我心焦難耐。

「……久留實姊，不要緊的。我——會好好參加沖繩公演。」

「可……可是，結奈……」

結花做出覺悟說出這句話，鉢川小姐發出擔心的聲音。

而紫之宮蘭夢則是仍然交抱雙臂，靜觀事態的發展。

這樣的局勢下，結花——和泉結奈明明白白地說了：

「我——兩邊都要參加！正好教育旅行也在沖繩，所以我會自己調度時間……我會參加教育旅行，現場演唱會也會好好參加！」

「……什麼？」

平常總是一派冷靜的紫之宮蘭夢發出搞不清楚狀況似的疑問聲。

嗯，我懂，連我也一瞬間心想：「妳在說什麼鬼話？」

但同時……我也覺得這個回答很有結花的風格。

她說的話的確很離譜。

然而不管多離譜，都絕對要貫徹到底。

全力去做到這點才是和泉結奈——才是綿苗結花嘛。

「……結奈，妳說這話是真心的吧？」

「是，久留實姊！我要做，請讓我做！雖然我想會很辛苦，但我兩邊都不想放棄，所以……兩邊我都要努力做好！」

結奈訴說自己堅定的決心——鉢川小姐想了想之後回答：

「——日程能不能變更，有沒有辦法做出一些調整，我這邊會去問問看。如果還是有困難……我會想想要怎樣在現行方案下順利完成。」

「久留實姊……！謝……謝謝妳！」

「……鉢川姊，妳是說真的嗎？要讓教育旅行和演唱會並行——我想行程會相當艱辛。」

「我聽到的瞬間當然也嚇了一跳，可是……妳們雖然是聲優，同時也是活生生的人。這不是站在經紀人的角度，而是站在我個人的角度喔，我會希望在能力可及的範圍內——讓妳們兼顧私生活和聲優活動。所以蘭夢，讓我們考慮考慮。」

「…………」

紫之宮蘭夢恢復了一貫的冷靜表情，思索了一會後──說道：

「我明白了。結奈──既然妳這麼堅持，就儘管試試看吧。但相對地……到時候才說終究還是辦不到可不管用喔。」

「那當然！既然我說了，我就會負起責任……堅持到底！」

這句話說完，有好一會──兩人視線交會。

鉢川小姐像是要收拾這樣的氣氛，拍響手掌。

「好了，那麼這件事就先討論到這裡。接下來……我們要討論團名嘍。就企畫的主旨來說，要由結奈和蘭夢討論出團名，然後在各種媒體談論名稱的由來──」

「……鉢川姊，不好意思，在談這件事之前──我可以先提一件事嗎？」

「嗯？怎麼啦，蘭夢？」

我才剛覺得沖繩店鋪演唱會的事情告一段落。

紫之宮蘭夢──就丟出了下一顆炸彈。

「結奈，我要見妳『弟弟』的那件事……怎麼樣了呢？開完會之後再見面也無所謂。妳是答應了，還是打算拒絕——我至少想把這件事問個清楚。」

「……師姊果然還是在意嗎？不用擔心的，蘭夢師姊！如果妳是問我『弟弟』——我想他差不多要來了！」

咦，怎麼回事？

「弟弟」也就是我，已經待在這裡。

但聽來——又不是要我出場。

那麼結花所想的「計畫」到底是…………？

「讓各位久等了。」

——就在這個時候。

裝在咖啡館店門口的鈴鐺響起，「他」走進了店內。

接著「他」……一路走到結花她們的桌旁。

就像執事一般恭恭敬敬地行禮。

臉上露出陽光的型男微笑——臉不紅氣不喘地說了：

「幸會，冷豔的大姊姊。我是和泉結奈的『弟弟』——勇海。」

第11話 【急轉直下】和泉結奈的「弟弟」VS紫之宮蘭夢，結果……

以眼還眼，以牙還牙。

以炸彈還炸彈……所以呢——

作為要介紹給紫之宮蘭夢認識的「弟弟」而跑來的幫手，是我們家的問題人物之一——綿苗勇海。

……妳這可真是找來了不得了的傢伙啊。

把一頭略長的黑髮在脖子後面綁成一束的髮型。

戴了有色隱形眼鏡的寶石藍雙眸。

白色襯衫外披著黑色西裝外套，黑色領帶以領帶夾夾住，一身執事般的行頭。

乍看之下——是個身材修長的型男。

和結花有血緣是事實，所以眉目之間是有幾分相像。

但實際上，這孩子……可不是弟弟，是妹妹啊。

第11話
【急轉直下】和泉結奈的「弟弟」VS紫之宮蘭夢，結果……

以型男男裝Cosplayer的定位在當地的執事咖啡館有著No.1人氣的男裝麗人。這就是結花即將升國三的親妹妹——綿苗勇海。

每次我都不由得納悶，她扮男裝的時候是怎麼遮起那豐滿的胸部。

知名Cosplayer的技術實在有一套……

「這位大姊姊長得好標緻呢，讓我都忍不住看得出神了。能夠見到這麼漂亮的美女，是我的光榮。畢竟就如各位所見，我姊姊是可愛型的。」

「囉唆，別多嘴。」

「啊哈哈。妳是在害臊嗎？像這樣生氣來掩飾害臊也很可愛啊，我好可愛好可愛的姊姊。」

姊姊……不知道這是不是勇海有所顧慮，不叫「結花」的本名。

只是，除此之外的言行就一點也沒在顧慮了，還無自覺地把結花「當妹妹看待」——所以結花完全處在愈來愈煩躁的狀態。

「呃，你是……？」

「久留實姊，妳在說什麼呢？我們不是前幾天才見過嗎？呵呵……妳還是一樣美呢。如果我是製作人，我會把久留實姊也加進去，組成三人團呢。妳就是這麼——楚楚可憐又漂亮。」

勇海沒完沒了地說著肉麻的台詞。

……呃。

結花，這就是妳滿心想著「你們看了就知道」而思考出來的「計畫」？

而且，妳該不會就是為了這件事，還特地把勇海從家鄉找來？

結花做事可真大膽啊……

雖然我怎麼看都不覺得結花會有辦法控制住這種滿口型男台詞已經成了習慣的「弟弟」角色啊。

「所、所以呢！前幾天我跟久留實姊介紹過，已經介紹過了！呃，蘭夢師姊……這孩子就是我常在廣播中提到的『弟弟』勇海！」

「家姊平常給各位添麻煩了，今後還請多多關照。」

勇海露出陽光的笑容打完招呼——就在結花身旁的座位坐下。

也是啦……結花在廣播中講述的「弟弟」這個形象，結花濾鏡開太大，塑造成一種像是動畫作品裡超人氣型男角色的假象。

比起由我出場，乾脆讓勇海出場或許還比較有說服力。

畢竟她們是「親手足」，長相也相似，比起隨便找些朋友來，要說合理也的確比較合理。

「——啊啊，勇海，幾天沒見了……是吧。蘭夢，他就是我前幾天也見過的——結花的『弟弟』。」

鉢川小姐似乎也隱約猜到了狀況。

她配合結花她們的「計畫」，進行支援射擊。

這樣的局勢下——

紫之宮蘭夢不為所動——鎮定地低頭行禮。

「幸會，我是聲優紫之宮蘭夢。勇海先生，今天非常謝謝你答應我的不情之請。」

「哪裡哪裡，這麼漂亮的大姊姊提出的請求，哪有男人能夠拒絕呢？」

勇海對這樣的紫之宮蘭夢說出了在一旁聽著的我都不由得難為情的台詞。

坐在她身旁的結花更是眉頭皺得有夠誇張……勇海，晚點妳一定會被罵吧。已經可以想像勇海在房間裡眼眶含淚的模樣。

「……聽你這麼說，就更加覺得過意不去了。如果你是懷著這樣的打算，明明可以拒絕。」

紫之宮蘭夢說話的語氣還是一樣平淡。

勇海對這樣的她露出裝得老神在在的微笑，以一貫的輕佻語氣回答：

「這是為什麼呢？我先前也說過……受這麼漂亮的女性請求，這世上又會有哪個男人不飛快趕來呢？」

「可是，妳——是女性吧？」

——聽到她若無其事說出的爆炸性發言。

連勇海也一瞬間說不出話來。

結花更是手摀住嘴，明顯地動搖。

「……太露骨了。結奈，妳太嫩了。」

就在這不得了的氣氛中。

紫之宮蘭夢——若無其事地宣告：

「換作是我，哪怕發生令我動搖的事情——我『演戲』演到一半，絕不會自亂陣腳。因為我認為要讓觀眾看得開心，要在這個業界去到更高的地方……就必須有著無論遇到什麼狀況外的事情都能不為所動的覺悟。」

從我的位置只看得見她的背影。

紫之宮蘭夢的氣魄……讓我背脊一陣發涼。

——阿雅，也許你不在反而是好事。

因為「第六個愛麗絲」蘭夢的聲優紫之宮蘭夢——是那麼冷靜、嚴以律己，觀察力又強。

……她比蘭夢更蘭夢。

第11話

【急轉直下】和泉結奈的「弟弟」VS紫之宮蘭夢，結果……

◆

「真是的……連缽川姊也陪著演這種猴戲。妳以為拿這種把戲就瞞得過我嗎，結奈？」

「……是。對不起。」

「話說回來——臉長得很像，不像是外人啊。是親妹妹嗎？」

「……是。師姊說得沒錯。雖然這孩子這副模樣，她就是我妹妹。」

「不過，妳平常說的『弟弟』另有其人，是吧，結奈？」

「……是。師姊說得沒錯。」

紫之宮蘭夢發揮驚人的推理能力，結花一句話都反駁不了。

這是怎樣？實力派聲優全都是這種名偵探似的調調？

「請問，妳是怎麼看出我不是男人？我明明扮成這麼完美的型男，明明這麼帥氣！」

「……勇海，妳為什麼自己講這種話？真的很見笑於人，別這樣了！還有，現在不是這種氣氛！」

「我反而要問，妳為什麼會有這種錯覺，認為我會以為妳是男性？體型、喉嚨振動的方式、細微的舉止——無論挑哪一部分來看，我都只覺得妳很女性化。」

「……這怎麼可能？我竟然很女性化？扮演這麼完美的型男，女性粉絲還要跟我結婚，這樣的我——竟然很女性化？」

有個傢伙在奇怪的環節上自尊心受傷，不過就先別管她了。

從體型或喉嚨振動的方式，可以一瞬間就看出男女的區別嗎？

聲優好厲害啊。

……雖然總覺得這絕對不是一般聲優普遍會有的能力就是了。

「蘭夢……不要責怪結奈。關於『弟弟』這件事，不要告訴蘭夢——是身為經紀人的我做出的判斷。所以如果要怪，就該怪我。」

「不是這樣的，久留實姊！決定帶勇海來的是我……而且矇騙蘭夢師姊的責任也在我身上。所以，蘭夢師姊！如果妳要怪，別怪久留美姊，應該怪我——」

「……真希望妳們別誤會。」

呼——她深深呼出一口氣。

我感覺到紫之宮蘭夢第一次放鬆了肩膀的力道。

「結奈——我並不是想怪妳。如果關於『弟弟』妳不想說，那也是妳的選擇。只是……矇騙對我不管用。如果妳要對『弟弟』這件事保持沉默，我希望妳明說要保持沉默。就只是這樣。」

「……是。試圖矇騙師姊這件事，真的很對不起。關於『弟弟』，現在——我還不知道該怎

麼說明。可是，我又不敢明白對師姊這麼說……於是忍不住逃避了。對不起。」

「……我這個師姊這麼可怕嗎？」

呃，就是很可怕吧？

雖然對阿雅這種Ｍ性質的人們也許是一種獎賞。

「是，師姊很可怕！」

「喂！結——姊姊！妳也說得太明白了吧！對不起，家姊失禮了！還請看在我的面子上，不要把她從業界封殺！我什麼都願意做！」

「……我反而覺得妳比較失禮喔，這位妹妹。」

紫之宮蘭夢在嘆息中吐露心聲。

勇海太擔心結花，又開始發揮她過度保護的作風。

對方又不是討債集團或黑道，這麼說話的確失禮到了極點。

「勇海妳閉嘴啦，真是的……蘭夢師姊的確很可怕，可是，那是因為——蘭夢師姊對工作很認真，而乳臭未乾的自己老是給妳添麻煩。怕是真的沒錯，可是——我很尊敬妳，很喜歡妳，也是真的！」

這句話當中沒有虛假。

無論什麼時候，結花對紫之宮蘭夢都是一樣……害怕之餘，卻也尊敬。

她就常提起這個名字，說：「我想變成那樣～～」

「是嗎……謝謝你，結奈。」

結花的話沒有虛假，相信紫之宮蘭夢也感受到了這點。

她微微放低聲調……朝鉢川小姐小聲問起：

「──我就這麼可怕？上次也有新人看到我就哭了。掘田姊也不時會虧我：『妳這樣真的很可怕！』……」

「……沒想到妳還挺沒自覺啊，蘭夢。由我這個經紀人這麼說也不太對……不過我想，應該是會有人怕妳。」

「……這樣嗎？我會小心。」

啊，她好像有點沮喪。

雖然嚴以律己，在工作以外就很廢──紫之宮蘭夢身上似乎也有蘭夢這種落差的影子。

「對不起，結奈──也許是我說話的方式太咄咄逼人了。」

「哪……哪裡！我才是，做了很失禮的事情……真的很對不起！」

「不會，因為我也是──自己的想法太強烈，有著會忍不住反駁對方的一面。我在《愛廣》

也常忍不住說得太過火，這我也明白……明知由我來否定妳所選擇的人生實在沒有道理。」

紫之宮蘭夢這麼宣告完，開始述說。

——述說她的根源，以及信念。

「『60P製作』創辦團隊之一的真伽惠——妳知道這個人嗎？」

「啊，知道！她以前是頂尖模特兒，現在致力於時裝設計、活動企劃等等……沒錯吧？」

「沒錯，真伽惠以前在訪談中談論過她的信條——『站上頂點，就是要擁有捨棄自己一切的覺悟，將人生的一切都奉獻出去』。她的這種想法讓我深深有了共鳴，我才會進這個業界。之所以會決定加入『60P製作』，也是因為有她在。」

紫之宮蘭夢說起這件事的時候，聲調變得比平常明亮了些。

看似走在自己路上的她，竟然也有崇拜的對象……這讓我產生了一些親近感。

雖然我對二次元以外的領域很生疏，說這人以前是頂尖模特兒，我也沒有概念。

「所以我用賭上一切的覺悟當聲優……為了登上更高的境界，為了變得像真伽惠那樣。雖然這種事不能強迫別人就是了。」

「……蘭夢師姊果然好厲害啊。」

結花臉頰放鬆，露出微笑。

蘊含著寧靜熱情的紫之宮蘭夢，與天真爛漫又無邪的和泉結奈。

我心想，她們兩個人——真的就像「月亮」和「太陽」。

「結奈，如果妳不解釋『弟弟』的事，那也無所謂；如果妳說也要參加教育旅行，一樣無所謂，可是——如果妳要用妳的方式跟我站在同一個舞台上……妳願意做出要一起讓演唱會成功這樣的覺悟嗎？」

「——願意！我會盡我的全力，讓我和蘭夢師姊一起站上的舞台……表演成功！」

……就這樣。

兩人組團的相關討論算是有了結果。

我覺得這對結花來說，應該是挺大的壓力。

所以我也不由得有點擔心。

第12話 未婚妻不管什麼時候都那麼努力，讓我好想支持她

「……是這樣啊？我明白了！咦？沒問題的，久留實姊！反而要謝謝妳幫我交涉！而且無論現場演唱會還是教育旅行，都要全力去拚——這樣才像結奈的作風吧！」

結花已經講完電話，於是我合上看到一半的漫畫，仍坐在沙發上抬起頭看過去。

結果——結花伸了伸舌頭。

「……她說沖繩公演要變更日期還是有困難。」

「這樣啊……那麼那一天會很忙啊。」

「嗯，畢竟是要一邊參加教育旅行，一邊參加現場演唱會嘛……好～～我要打起精神好好拚嘍～～！」

結花舉起右手，活力充沛地鼓舞自己。

看到她這麼不屈不撓的模樣，讓我覺得胸口一陣苦悶。

我不由得——摸了摸結花的頭。

「呼咦！啊……啊嗚嗚……這樣突襲摸摸頭，太賊了啦……人家會不好意思。」

第12話
未婚妻不管什麼時候都那麼努力，讓我好想支持她

「不不不！平常老是散發要人摸頭的氣場，只有這種時候才露出這種表情，這樣才賊得多了吧！」

結花的害臊感染到我，讓我的臉一陣滾燙——所以我立刻把手從結花頭上拿開。

結果拿開後，結花又「啊……」的一聲，顯得依依不捨。

這個無意識的小惡魔是怎樣？

在學校是走樸素又古板的路線所以還算好，要是平常就用這麼可愛的路線生活……真不知道會有多少男生被她迷得神魂顛倒。

綿苗結花，可怕。

◆

於是，由紫之宮蘭夢&和泉結奈組成的《愛站》新團，各類情報開始逐漸解禁。

團名叫——「飄搖（YuRaYuRa）★革命」。

是把結奈的「結（Yu）」和蘭夢的「蘭（Ra）」拼在一起，變成「YuRaYuRa」。

聽說是再加上紫之宮蘭夢高舉的「要讓這個團在《愛站》圈裡掀起革命」的目標，團名就這麼決定了。

『喂，遊一！剛才解禁的情報，你看了嗎？蘭夢大人和結奈公主要組團——組成「飄搖★革命」！還要舉辦店鋪演唱會？我……等演場會結束，就要去結婚了。』

『不要立奇怪的Flag啦，你連對象都沒有。我看了，是很讓人興奮啊。』

『這才不只是讓人興奮好嗎！而且預計在沖繩舉辦的店鋪演唱會日期還跟教育旅行撞期……這樣豈不是只能在教育旅行時溜去看了嗎……！』

——就這樣。

從這個讓我身邊的同道都情緒沸騰的夢幻新團消息發表前不久。

結花就日日夜夜都在練習。

「我回來了……咕～～」

「結花？喂～～結花？」

有時候是過了晚上十一點才回到家，整個人往沙發上一倒，就這麼睡著了。

「……呼喵。」

「等等，這樣很危險！妳整張臉會撲到咖哩上！」

有時候兩個人吃晚飯吃到一半就打起瞌睡來。

「……呼喵。」

「綿苗？喂～～綿苗？妳還好嗎？看妳臉色很差……該不會是身體不舒服？」

有時候是在學校睡眼惺忪——和平常正經的樣子差太多，讓鄉崎老師都擔心起來。

——演唱會果然很辛苦啊。

我在心底深深體會這個事實的同時……

對於什麼忙都幫不上的自己……也覺得懊惱。

「……好慢啊，結花。」

我躺在沙發上玩著手機，自言自語。

一邊反覆搜尋「飄搖★革命　大阪」一邊心浮氣躁地等著……已經好幾個小時了。

——今天早晨。

結花把行李塞進旅行箱，出門去大阪。

「飄搖★革命」——第一場店鋪演唱會 in 大阪。

其實我也很想一起去。

我想把五場公演都看完。

可是……我終究籌不出足以參加所有地區演唱會的錢。

推很紅的偶像就是這麼回事嗎——成了「談戀愛的死神」以來，我從不曾這麼急切難耐。

——叮鈴鈴鈴鈴鈴♪

「喂？請說！」

發呆看著的手機顯示出結花來電的瞬間……我在短短零點幾秒內就接了電話。

明明聽她說了打算大阪公演結束當天就回來，卻又遲遲不回家，讓我很擔心……太好了，她聯絡我了。

「結花，妳到東京了嗎？已經挺晚了，我去車站接妳——」

『……喂？遊一？對不起喔，這麼晚打給你……我是鉢川。』

「…………咦？」

我作夢也沒想到明明是結花的手機號碼，講電話的卻是鉢川小姐——所以嚇了一跳，說不出話來。

鉢川小姐用有點焦急的口氣……對這樣的我說了：

『是關於結奈。她在新幹線上睡翻了……我們前不久就到了東京車站，可是不管我叫她多少次，她都根本不醒。現在……我正搭計程車帶她回我家。』

◆

接到鉢川小姐的聯絡後，我立刻出門。

花了四十分鐘，抵達鉢川小姐用ＲＩＮＥ告訴我所在的公寓。

「遊一，對不起喔，讓你特地跑一趟。」

她髮尾微微燙捲，留著咖啡色短鮑伯頭。

以女性來說身材高挑，有著模特兒般的苗條身材。

大概……是鉢川小姐，不會錯吧？

之所以用疑問句，是因為和平常總是化全妝的鉢川小姐不同，眼前的這名女性——已經卸了妝。

還有，不同於平常那黑色外套配窄裙的社會人士風格——現在她穿著胸前寬鬆的Ｔ恤搭配短褲，打扮很休閒。

如果平常的鉢川小姐是「幹練的粉領族」風格，眼前的這個人則是「大學女生」。

「……遊一，你為什麼這樣盯著我看？」

「啊，沒有……因為跟平常的感覺差很多。對不起……」

「啊……對喔，我都忘了，我已經卸妝了。對不起喔，讓你看到這麼難看的樣子。我都是成年人了，實在慚愧……」

「不……不會，哪兒的話……」

哪裡會難看？

不同於平常成熟的鉢川小姐，眼前這個還留著幾分稚氣的「真實的」鉢川小姐——雖然年紀比我大，卻很討人喜歡。

大小適度的胸部從寬鬆的T恤縫隙間若隱若現……總之就是很不設防。

除了刺激太強，別無其他評語可說。

「不好意思，我家裡很亂，還是請進來吧。帶結奈來家裡是沒關係……但她根本沒有要醒的樣子。」

——夜這麼深了，我要踏進獨居女性的家？

這是什麼情形？對和三次元女生幾乎沒任何瓜葛的我而言，是個超級令人心動的事件耶。

話說回來……擔心結花還是最重要的事，所以也不能這麼多意見啊。

所以呢，我戰戰兢兢——踏進了鉢川小姐的家。

「咕～～……」

——結果一進去……

一房格局的房間角落鋪了一床被，有個人就像貓似的縮起身體。

我的未婚妻在那兒睡得無比香甜。

「什麼嘛……這是她睡翻時的臉吧。聽妳說她完全不醒，我還擔心她是不是累到暈倒……這樣我就放心了。」

因為最近我一直看著精疲力盡的結花。

內心一直很擔心，怕她是累得暈倒之類比較危險的狀況——所以看到她後，我一下子覺得很累。呃，當然我很慶幸是自己杞人憂天啦。

「這樣啊。對不起喔，讓你擔心了。真是的——這麼有心的未婚夫都來接她了，這孩子卻睡得這麼香甜。」

鉢川小姐打趣地這麼說完，走到冰箱前面。

然後把保特瓶裝可樂遞給在餐桌旁坐下的我。

至於她自己……則是一手拿著罐裝啤酒，由下往上看著我並露出很想喝的表情。

「呃，都讓你這麼擔心，這樣說實在很失禮，可是……我可以喝一杯嗎？」

「請問妳為什麼要問得那麼挑逗？當然可以啦，畢竟這裡是鉢川小姐家！而且結花……結奈她似乎也只是做完工作睡翻了而已。」

「呵呵～～……那麼，遊一，我們來乾杯吧！」

妳是學生嗎？

是屬於那種工作模式開關切換很明顯的類型嗎……感覺和平常完全不一樣。

在我面前關掉開關，我也不知道該怎麼應付就是了。

「——噗哈啊！果然下班後的一杯最棒啦～～」

「……應該是吧。雖然我沒喝過酒，也不知道啦。」

「遊一遊一！你喜歡結奈的什麼地方？」

「妳根本突然變得像是學生在聊戀愛話題耶！請不要唐突地變更路線好嗎！」

「因為人家就下班了啊～～」

太挑逗了吧！不要噘嘴脣啦！

和平常那個幹練的鉢川小姐之間的落差大得非比尋常。

「來來來～～告訴大姊姊嘛～～說說你們兩個……打情罵俏的情節！」

「妳這種一點都不像經紀人會有的聊天法是怎樣？而且妳也喝得太快了吧！請問妳是不是已經醉了？」

「我才沒醉～～久留實小妹妹酒量很好的～～」

啊～～……這沒救了。是開始喝醉的人會說的話啊。

而且還久留實小妹妹咧。

『久留實這個名字的感覺太可愛，不適合我。』妳之前是不是說過類似這個意思的話？現在的調調就很「久留實小妹妹」沒錯啦……

「……我啊，非常感謝遊一——不，是非常感謝『談戀愛的死神』先生。這是身為結奈經紀人的感想。」

鉢川小姐一口一口喝著第三罐啤酒，表情變得很放鬆。

「不不不，我自己這麼說也不太對，但我覺得『談戀愛的死神』——實在是個有夠噁心的粉絲耶。雖然我愛結奈，所以也不打算收手，可是……應該不是值得她本人或經紀人說出來捧的人物吧？」

「我之前也說過……結奈剛進『60P製作』的時候，對自己有夠沒自信。一搞砸事情就很沮喪，常常在哭。這麼說也不太好，可是……我一直擔心她會不會很快就不做了。」

「可是啊……」她這麼說。

鉢川小姐用拿著罐裝啤酒的手朝我一指，送了個秋波似的笑了。

「遇到『談戀愛的死神』先生後，結奈就變了。所以我認為對結奈而言，『談戀愛的死神』先生不是什麼『死神』……而是引領她去到光明世界的『天神』。謝謝你喔——『談戀愛的死神』先生。」

「不不不，妳太抬舉我了啦。要說謝謝的人是我，我落到人生谷底時……是結奈引領我去到了光明的世界，『天神』反而——是和泉結奈才對。」

就是這樣啊。

是和泉結奈……是結花，為結奈賦予了生命。

而我遇見了這樣的結奈——才會成了「談戀愛的死神」。

如果沒有結奈，這世上就不會存在「談戀愛的死神」。

所以，該道謝的……其實是我。

「你們兩人從相識之前就這樣……相互支持著一路走過來呢。我覺得，這樣真的很棒。」

她伸手去拿的第四罐不是啤酒，是清酒。

鉢川小姐開心地喝著酒……以天真無邪的笑容說了：

「如果不是你……我身為經紀人，絕對會反對，畢竟聲優和粉絲同居實在太危險了。所以現在，我之所以支持你們……是因為你們已經超越了聲優或粉絲之類的概念，讓我把經紀人的立場也先放在一邊，就是會想支持你們。因為結奈──不，是『綿苗結花』和『遊一』，對彼此來說就是這麼不可或缺的人。」

「……鉢川小姐。」

我說過很多次──「談戀愛的死神」沒什麼大不了的。

我和結花會變成未婚夫妻，起因也是彼此的家長擅自做了決定。

我們曾是「聲優與粉絲」，其實還是「同班同學」──這一切都只是巧合。

然而，哪怕只是有著許多巧合的緣分……

如果每天都能過得這麼開心，結花每天……都能這樣面露笑容……

我希望──這樣的巧合可以一直持續下去。

「鉢川小姐，非常謝謝妳。我想以後應該會給妳添很多麻煩，但我也會支持結花。所以，今後也──」

「……嗯！我非常支持你們喔～所以啊，遊一你～～……喜歡結奈的什麼地方～～？」

──嗯？

奇怪，鉢川小姐怪怪的……？

「呃，那個……妳該不會已經喝得爛醉……」

「我才沒醉～～一～～點都沒醉喔～～」

「不不不！呃，這上面寫的酒精度數是兩位數吧！兩位數要是喝太多，攝取的酒精量會很危險……」

「才不危險～～我清醒得很～～」

恭喜！鉢川小姐進化成了醉鬼！

然後……完全喝醉的鉢川小姐傻笑著朝我靠過來。

還用力抓住我的手臂猛力搖晃！

「唉～～好好喔好好喔～～好羨慕結奈！我也想要男朋友～～！」

「慢著慢著！鉢川小姐，好近，太近了啦！妳先喝個水！」

「你混囉唆捏……別說那麼多了，告訴大姊姊你們兩個是怎麼打情罵俏的嘛～～」

「別這樣別這樣！請妳不要這樣彎腰！妳穿這T恤，會看見的！」

「……呀啊啊啊啊啊啊啊！」

就在這可以想見的最壞時機。

結花從被窩裡猛地坐起——朝我和缽川小姐看過來，發出了叫聲。

「我的經紀人和我的未婚夫要上八卦週刊～～？來人啊～～救救我～～！」

「慢著慢著，結花，妳冷靜點！缽川小姐妳先放開……呃，還睡著了！啊～～夠了……想喊救命的人是我好嗎！」

——之後我解釋事情原委，安撫大鬧的結花。

「飄搖★革命」大阪公演後的那一夜漸漸深了……

HI
絶景

第13話 關於陪未婚妻挑選泳裝時很難自處這件事

「您好，請說！啊，久留實姊……哪裡哪裡，我才不好意思，在新幹線上睡翻，給妳添麻煩了……啊，哪裡！畢竟我知道妳不是要對小遊出手了……不不不，妳不用這樣道歉……」

那大概是鉢川小姐打來的電話吧。

想必是為了上次「醒來一看，經紀人正要對自己的未婚夫下手」事件道歉吧。雖然完全是冤罪就是了。

看來電話還要講上一會，我把錄下來跟結花一起看的《假面跑者聲靈dB》按了暫停，拿起了手機。

咦……不知不覺間，積了好多RINE的通知還沒看啊。

——第一個是那由。

『沖繩我也想去耶。哥，你出錢讓我去。我也想去沖繩旅行。』

『我才不要。我為什麼就非得出妳的旅費不可？莫名其妙。』

『……咕！不出就算了。我也不是真的那麼想和哥一起去沖繩。』

『嗯？原來妳是說想和我一起去旅行？』

…………那由已讀不回，所以交談到此結束。

——第二個是勇海。

『唉……好擔心喔。畢竟結花根本沒去過沖繩啊。不知道結花會不會迷路，如果在離島迷路，就再也回不來了……不，豈止回不來，結花那麼漂亮，也可能會被綁票？遊哥，能不能請你說服結花取消教育旅行？』

…………我已讀不回，所以交談到此結束。

——第三個是二原同學。

『欸欸，佐方，你看這個！我買來準備教育旅行時穿的！』

『……妳可不可以不要沒頭沒腦地傳泳裝自拍照來？最近出了各種狀況，我現在不想因為女生相關的事情刺激到結花。』

『咦～～？虧我還期待你會有些有意思的反應，這樣也太冷淡了啦～～倒是你說不想刺激結花？你做了什麼？出軌嗎？你喔～～我不是說過想念胸部時就來找我嗎？你也真傻～～』

『傻的是妳吧？我如果真去找妳，那也會把事情鬧得很大好嗎……』

『有什麼關係嘛～～我也希望你來找我玩啊～～好嘛好嘛～～』

『妳這樣學她的語尾虧她，差不多該被她罵幾句才好了。』

『啊，對了，你知道結結會選怎樣的泳裝嗎？嗯～～如果是比基尼，就是很有活力的結結！感覺應該會很可愛，不過……特意選連身款表現清純的可愛感，也很不錯啊。佐方覺得哪一種比較好？』

…………我隨便傳了幾張貼圖，交談到此結束。

不過——也對。

差不多得開始為教育旅行準備了啊……

「——好的，沒問題！我已經元氣滿滿了！我也會聯絡，不過希望妳也可以幫我跟蘭夢師姊說一聲『讓她擔心了』……好的，辛苦了！」

正好就在我回完ＲＩＮＥ訊息時，結花也跟鉢川小姐講完了電話。

然後——她沮喪地把身體縮得像隻幼犬一樣小。

「小遊……上次對不起喔。久留實姊有夠用力地道歉，讓我反省自己鬧得太過分了……」

怎麼樣？可愛吧♥
16:42

「不不不……鉢川小姐當然會一心一意道歉了。而且結花妳什麼錯都沒有吧。」

「久留實姊也說了：『全都是我不好！結奈就不用說了，遊一也一點錯都沒有。』還說：『我會深刻反省自己作為一個成年人的行動，今後再也不做出愧對社會人士身分的行動……』」

第二句反省的話也太沉重了吧！

真不愧是工作開關切換明確的經紀人鉢川久留實。

下班模式會像個大學女生瘋狂喝醉酒，但工作開關打開後就非常認真且熱心。

不管是結花還是二原同學、勇海、鉢川小姐……我身邊的女性都太有落差了。

「可是……我才是讓自己累得過火，睡到翻掉，還讓她送我回她家耶，卻讓她這樣道歉……讓我好有罪惡感。」

「關於這點，以後優先管理好身體狀況，不讓自己累過頭，才是最好的贖罪吧？我想這樣也最能讓身為經紀人的她放心……而且我也一樣，結花身體不好，我就會擔心啊。」

「嗯……以後我會注意。對不起喔，小遊，讓你擔心了。」

不用這樣由下往上看著我又不安地跟我道歉啦。

只要妳好端端的，那就好了。

——說到這裡，我想起二原同學傳來的ＲＩＮＥ。

「對了，結花，我看差不多得開始準備教育旅行了吧？」

「……啊，說得也是。我忙演唱會的事忙得慌了手腳，完全沒顧到教育旅行的準備工作……我都對蘭夢師姊說要兼顧了！我一定要兼顧好兩邊，玩得開心又讓演唱會成功才行！」

結花做出這種很起勁的回答，露出開心的笑容。

「好～那麼小遊！俗話說擇日不如撞日……我們現在就去買教育旅行要用的東西吧？」

「妳可真急……要買什麼？」

「嗯～……有各式各樣的東西要準備，不過最重要的應該是那個吧～……」

結花像要吊我胃口，將食指按在嘴上。

有點害臊地忸忸怩怩——說道：

「就是買小遊喜歡的……泳裝吧？」

◆

我們把看到一半就先停下的動畫看完，做完準備後。

我和結花——就前往從家附近搭三站電車會到的購物中心購物。

記得之前還在這裡撞見當時還不知道結花「平常」模樣的二原同學……進行了各種摸索，想

辦法不讓她發現我們兩個是來約會的。

當時我作夢也沒想到，二原同學竟然會是迷特攝的人，而且我沒想到結花和二原同學會變得這麼要好。

現在我們的關係已經發展到教育旅行分在同一組也不會覺得困擾……所以人生還真的是不知道會發生什麼事情啊。

「那麼小遊，我會去買一套讓你看得怦然心動的泳裝……你可要做好心理準備喔。」

「嗯、嗯……」

她輕飄飄地甩動披在肩胛骨附近的直髮。

把帽子壓得很低，沒戴眼鏡的居家款結花——就這麼走進賣泳裝的店。

當結花的身影消失在店內，我急忙拿出手機，散發出「我對這間店一點興趣都沒有」的氣場，靠在牆上。

不……這一定要的吧。

因為這間店賣的都是什麼女用泳裝啦、女性內衣褲等等。

要是男性在這裡徘徊張望，搞不好會有人報警。

雖然只要和結花一起行動，擺出一臉「我是她男朋友」的表情，可能就不要緊……但我實在少了點走進這間店的勇氣。

所以——

在結花買完東西前，我就在這裡假裝「只是個湊巧走到店家附近時想看手機的人」……

「等一下等一下！小遊，你為什麼不一起來～～？」

結花回到這樣的我身邊，發出不滿的抗議。

我趕緊一手拿著手機，四處張望。

太好了……似乎還沒有人報警。

「請問有什麼事呢？我只是個『湊巧走到店家附近時想看手機的人』。請放心，我一點也不可疑……」

「有夠可疑的好嗎！什麼走到內衣店附近湊巧想看手機，根本莫名其妙嘛！那還不如跟我一起進店裡～～」

「不不不不，要我進這麼女性化的店，太可怕了啦！對我來說，這和鬼屋沒兩樣！」

「也太極端了吧！真是的……小遊不來看我試穿，我要怎麼挑小遊喜歡的泳裝嘛！你不一起進店裡，我會傷腦筋的！你再這樣任性……我要大叫了喔！」

好可怕！這是什麼我要冤枉你是色狼的預告？

她都這麼堅持，那也沒有辦法……我戰戰兢兢地和結花一起踏入店內。

「咿～～～……又是粉紅又是藍色，看到好多色彩繽紛的東西……」

「小遊，你這樣說話反而更可疑啊！總之我去挑個幾件……你在試衣間前面等我喔。」

接著——結花的身影消失在試衣間。

我獨自被留在內衣店裡。

這種時候，我該露出什麼樣的表情才好呢……總覺得拿出手機也很可疑，但四處張望又會顯得形跡可疑。

我一籌莫展，只能先看著試衣間的拉簾——但又覺得這樣也不太妥當。

因為只隔著這塊布……後面就是結花在換衣服耶。

這樣一想，就覺得悖德感湧上心頭。

結花可不可以快點出來啊……

「——噔噔～～！這……這樣的款式，怎麼樣？」

「結花，妳穿這什麼啊！」

從唰一聲拉開的拉簾後現身的——

是穿著連身款泳衣，只有肚臍一帶沒有布料……泳衣超級性感的結花。

「怎……怎麼樣呢～～……會心動嗎～～？」

「只會心動好嗎！我們是來買教育旅行用的泳衣沒錯吧？要是看到穿著這種泳衣的綿苗結花，大家會懷疑妳瘋了吧！駁回！」

「……這樣啊？的確，既然是要穿去教育旅行，這款不行啊。所以小那的點子作廢。」

又是她在亂出主意嗎！

我家妹妹是想破壞我的腦吧……我說真的。

「那麼，這件怎麼樣？這樣就完全不會性感了！」

「這不是這種問題吧！」

從再度拉開的拉簾後現身的——

是穿著潛水時用的那種濕式潛水衣的結花。

「怎……怎麼樣呢～～……會心動嗎～～？」

「不會！真虧這地方有賣這種東西啊！呃，我們是在找要在沖繩的大海游泳用的泳衣沒錯吧？如果是要潛水也就算了，只是在海裡游泳，這件要駁回吧……」

「……就是說啊，我也覺得好奇怪。勇海怎麼會覺得小遊會喜歡這個呢？」

這是勇海在出主意嗎……

雖然只是猜測，我想大概是出於保護過度的想法，不想讓結花在沖繩沾惹上什麼怪人吧。妳被騙了，被她騙了。

「那麼，這件怎麼樣？……不，這不行吧……嗯，不行。」

「為什麼自己穿上去，又自己在失落啦！」

結花從拉簾後現身的同時，露出有點像在鬧彆扭的表情。

而且，我總覺得看過這泳衣……

「……啊，我知道了。這是二原同學出的主意吧？」

我想起來了。

和剛才二原同學傳來的自拍照穿的同款。

是一件比基尼泳裝，沒有肩帶的款式。雖然加上了荷葉邊感覺很可愛，設計卻很強調乳溝。

暴露度是有點高，但總覺得比那由或勇海的意見好多了。

為什麼結花會覺得這件NG呢……

「小遊……為什麼你會知道這是桃桃的點子……？」

「…………啊。」

我看見了幻覺……看見結花背後熊熊燃燒起深紅色的火焰。

不妙不妙！

之前有過鉢川小姐那件事，我不想因為女生的事情被她誤會——卻自掘墳墓了。

「結……結花妳誤會了！那是二原同學自己——」

「你是用胸部認定的吧！」

——啥？

「呃……這話怎麼說？」

「哼～～請你不要裝傻～～這件泳裝款式就很強調胸部～～也就是說～～小遊是看到這件泳裝不合我的～～……不大的胸部，就想到『如果是二原同學穿就很合適……原來如此，是二原同學出的主意嗎』——對吧！」

「妳這是什麼飛躍性邏輯？完全不是好嗎！而且算我求妳，不要在這間店裡發出那麼亢奮的聲音啦！」

「……還不是因為小遊都看胸部，用胸部判斷人……」

「就說妳這是血口噴人了！這會招來誤會，別～～這～～樣～～啦～～！」

——鬧了一陣。

最終誤會還是解開，買到了適合結花的泳裝回家。

雖然因為結花堅持……我被迫去選了自己喜歡的泳裝。
說來說去，最後結花笑得心滿意足……所以就別計較了吧。
順便說一下。
我對那由；結花對勇海——都打電話去訓了一頓。

第14話　【愛廣　爆料】和泉結奈與紫之宮蘭夢太賣力的問題

剛放學不久。

我對結花說聲：「我今天有點事！」身上還穿著制服就跳上了電車。

電車晃呀晃地前進。

從車窗看見的滿天晚霞有著漂亮的橘紅色。

是個平靜的傍晚——就像我現在的心境。

而我下了電車後，靠著記憶走到某一處公寓大樓……然後按了其中一戶的門鈴。

「嚇我一跳……遊一，你怎麼啦？」

打開玄關門出現的是——沒化妝，下了班的鉢川小姐。

她和我上次見到時一樣，穿著胸口寬鬆的T恤配短褲，打扮很休閒……果然和平常的工作模式不一樣，看起來就像個大學女生。

「對不起，鉢川小姐，一下子就好，我可以打擾嗎？」

「……什麼？」

第14話
【愛廣　爆料】和泉結奈與紫之宮蘭夢太賣力的問題

鉢川小姐露出狐疑的表情——但我完全不為所動。

「嗯～～……既然是遊一，那好吧。你都有結奈這個未婚妻了，應該也不會做什麼奇怪的事情。我整理整理，你等一下喔。」

過了一會，鉢川小姐讓我進了她家。

矮桌上放著罐裝啤酒，以及大概是用來當下酒菜的生魚片與起司。

「不好意思，打擾妳晚酌……」

「沒關係的，反正我一個人。所以，今天是怎麼啦？」

成熟的鉢川小姐對我說出這種體貼的話，而我對她——

做出了跳躍跪地磕頭。

「說來非常過意不去……可不可以跟您借用電腦呢……！」

「…………什麼？」

「各位聽眾，大家好愛麗絲。《Love Idol Dream！Alice Radio☆》——要開始嘍～～！」

開頭就從筆記型電腦傳出結奈說話的聲音……我還以為心臟要跳出來了。

大受好評的《愛站》網路廣播——簡稱《愛廣》。

今天是這個節目的特別篇，邀請到正逐場舉辦店鋪演唱會的「飄搖★革命」團員來擔任主持人。

「飄搖★革命」原本就是以和泉結奈與紫之宮蘭夢在《愛廣》的互動帶來的人氣為開端才組成的團體。

因此在《愛廣》當然會大舉提到這件事……而身為粉絲，知道自己喜歡的角色這麼受到矚目，更是只有開心兩字可以形容。

「……呃，遊一？你該不會是為了聽最新一集《愛廣》，才特地跑來我家？」

「對不起，我的電腦和手機……都被我未婚妻設定成連不上《愛廣》了。」

「為什麼？」

「我才想問呢……！她本人說很害羞，但這樣……豈不是太沒天理了！她是要我去死嗎！」

「你們兩個說得都很極端耶……我怎麼覺得自己好像被牽連進夫妻吵架了。」

我當然也會覺得對鉢川小姐過意不去。

但如果我去找不知道我和結花同居的阿雅，又有被追問「你為什麼不在自己家聽」的風險。

二原同學雖然是學校裡唯一知道情形的人，但去她家又有很多問題。

這樣一來，我只想得到一個方法——那就是去依靠知道情形又願意以成年人的胸襟包容我的鉢川小姐了。

「倒是去網咖之類的方法，行不通嗎？」

「……下次起我會這麼做。」

對不起。我急著想辦法，完全沒想到在別人家裡聽以外的選擇。

「鑽洞（Boring）？以約會來說，會不會搞得太大陣仗了？……啊，是保齡球（Bowling）？對不起，我還以為要挖石油呢——我是為出流配音的『掘田出流』～～大家好愛麗絲～～今天聽說我是負責當主持人……工作人員是魔鬼嗎？」

愛麗絲排行榜第十八名，出生在石油王家庭的療癒系偶像出流。

擔任這個角色的聲優，「60P製作」旗下的掘田出流——以鬧彆扭似的聲調這麼說。

想來應該有一半是說笑，但大概也有一半是說真的吧。

「出流說過『我有九成是說真的』啊，真的讓出流辛苦了。」

自己人鉢川小姐補充了這麼一句。

這是擔任旁白解說嗎？雖然不知不覺間她已經拿起第三罐啤酒了。

「好的～～所以呢，感覺我每次都像是來當見證人，然後這次也被找來了。那麼，我們馬上請她們登場吧——新生偶像組合，名稱就叫……『飄搖★革命』！」

——無歌聲版的「飄搖」的曲子播放出來，作為背景音樂。

「蘭夢師姊！我們要組團嘍。」

「好，沒問題……結奈。」

「「就像飄搖的燈火一樣，對愛麗絲偶像掀起革命——『飄搖★革命』登台！」」

我朝筆記型電腦送上盛大的掌聲。

至於鉢川小姐在我身後露出什麼樣的表情，我根本沒有心思去管。

「好的～～那麼，我們就為各位聽眾介紹由《愛廣》出發的新團體『飄搖★革命』的兩位團員～～」

「組團？是無所謂……但只有半吊子的覺悟可無法勝任我身邊的位子喔——我是為蘭夢配音的『紫之宮蘭夢』，今天非常謝謝各位聽眾收聽。」

「組……組團嗎？我……我會努力的，因為結奈——想和大家一起歡笑！——我是為結奈配音的『和泉結奈』！非常謝謝《愛廣》今天找我來！」

「第六個愛麗絲」——《愛站》人氣第六名的冰山美人蘭夢。

愛麗絲排行榜第三十九名（在我心中是壓倒性的第一名），天真爛漫又少根筋，但就像是由可愛擬人化而成，宛如活神話的偶像結奈。

為這樣兩個角色配音的聲優——嚴以律己，形象冷靜的紫之宮蘭夢，以及活力充沛但少根筋又笨手笨腳的和泉結奈。

「60P製作」的師姊妹搭檔登場。

這一集的《愛廣》——應該會是滿滿驚濤駭浪與革命的神之一集——我靜靜地有了這樣的確信。

◆

「——那麼我要提問了。請問『飄搖★革命』這個團名是怎麼取的呢？」

「好的！『飄搖』是我提議的！我說如果把結奈的『Yu』和蘭夢師姊的『Ra』加在一起……不就會變成『飄搖』嗎！」

「為什麼是飄搖？」

「呃……呃，沒有特別的含意……就是覺得語感好吧！」

聽到和泉結奈少根筋的回答，掘田出流笑出聲來。

嗯，我覺得很好。這種沒在想的感覺……就很有結奈的風格！

「『革命』是我提議的。被問到組團的目標時，我最先想到的——就是要在《愛站》圈裡掀起革命。為了讓自己不忘記這個目標，一直奔跑下去，就把這兩個字放進團名當中。」

「理由也太沉重了吧！雖然很有蘭夢的風格，嚴以律己的程度真的是非比尋常啊……」

掘田出流的吐槽很有道理，但這種沉重的感覺——也更有蘭夢的風格。

考慮到這是結奈&蘭夢組成的團，我認為這個團名真是再適合不過。

「順便說一下，這是兩位的經紀人洩漏的情報……結奈起初提議的是蘭夢的『Ra』加上結奈的『Yu』，變成『辣油（RaYu）』！……經紀人是這麼說的。」

「呀～～！為什麼要說出來啦，經紀人姊姊～～！」

爆出這個內幕的經紀人小姐從剛剛就一直在我身後晚酌呢。

「那麼，下個問題……唉，請問怎麼會組成『飄搖★革命』這個團體呢？」

「請問妳為什麼這麼沒幹勁呀？節目還在進行耶，掘田姊！」

「呃，妳也知道……之後要打圓場的人可是我耶。為什麼石油偶像得負責滅火啦。」

「這句說得真好，掘田姊。」

「蘭夢，妳為什麼講得好像事不關己啦！妳們兩個根本同罪好嗎？真是的！」

妳愈來愈像走生氣路線的諧星了耶，掘田出流。

不知道她的粉絲是怎麼想的……是不是覺得她這種辛苦人的一面也很有魅力？

「那就從結奈開始，請直接給他說出來吧～～來，請說。」

「咦，這要自己說嗎！——好的，呃，是因為我在《愛廣》裡瘋狂說了一～～大堆……我那個可愛又帥氣，全世界我最喜歡的『弟弟』的話題！」

我不由得噴了一口氣。

錄音時應該也在場的鉢川小姐也在我身後嗆到似的咳個不停。

不過也是啦，不管聽幾次，這發言的震撼力大概還是很糟糕啊……

「『我們都一起睡』、『全宇宙我最愛他』、『想跟他結婚』——等等，我們和泉結奈小妹妹就是因為這一連串跟『弟弟』有關的失言而一躍成名……」

「咦，我是因為失言才出名的嗎！」

「好的～～我在主持節目，請等一下～～……然後，對這樣的失言偶像露出利牙的——就是紫之宮蘭夢。『全宇宙我最愛的就是偶像這個工作』、『我和偶像這個工作結了婚』等等，她就用這些充滿特有的嚴以律己作風卻又莫名其妙的邏輯，在節目中槓上了結奈。」

「……並沒有莫名其妙。既然當了愛麗絲偶像的聲優，擁有和這份工作走到底，持續戰鬥下去的覺悟是必然——」

「好的～～我在主持節目，請安靜～～……這兩位聲優就像這樣，各自偏愛著『弟弟』和『偶像』！然而她們兩人的對話在網路上帶來了很大的迴響，於是由這水與油般互不相容的兩人——組成了『飄搖★革命』……唉。」

「順便說一下，錄音結束後，出流找我說『我們去喝一杯吧』～～結果一直喝到只剩末班電車的時間～～」

身後傳來奇怪的內幕消息。

也是啦，畢竟不喝個酒發洩一下壓力，哪做得下去？

我愈來愈想支持妳啦，掘田出流……

◆

「——好的。轉眼就到了要說再見的時間～～……所以呢，兩位在大阪的首場演唱會結束，正準備迎來沖繩的店鋪演唱會。請各自發表一句抱負～～」

節目也終於進入最後的高潮，掘田出流把話題丟給兩人。

對此，紫之宮蘭夢先做出回應：

「那麼由我開始……本次能夠得到這麼寶貴的機會，我非常感謝大家。雖然莫名其妙的邏輯這個說法讓我不太贊同，今後我也有覺悟對偶像這個工作賭上性命。有覺悟跟來的人——儘管跟上來吧。我一定會飛向更高的境界……你們儘管期待。」

錄音現場傳來一陣掌聲。

然後下一個——輪到和泉結奈。

「好的！呃……非常謝謝大家的支持！還有我『弟弟』也是——我叫他絕對不要聽這個廣播節目，所以照理說他絕～對沒在聽……但多虧大家，我才有機會組團出道～～！呀喝～～！」

我有夠用力在聽就是了。

「……雖然我完全比不上蘭夢師姊，還是個乳臭未乾的聲優；雖然我的想法和『對工作賭上性命！』——這種強烈的信念也不太一樣，但無論是身邊的人還是遠方的粉絲，我都希望看到大家歡笑的表情。如果能讓這樣的笑容變多一點點，我就會很開心……我懷著這樣的期望當聲優，所以這個團體活動——我也會全力以赴！我們大家一起……開心歡笑吧～～！」

——我會參加教育旅行，現場演唱會也會好好參加！

作為聲優的想法，以及第一次同時也是最後一次教育旅行的寶貴回憶……結花對這兩者都想好好珍惜，誓言努力做好。

聽到她在《愛廣》說出滿懷這種覺悟的招呼……我感覺到自己眼眶一熱。

「那麼，今後也敬請大家期待『飄搖★革命』的活躍！今天的節目就進行到這裡！本集的主持人是……」

「紫之宮蘭夢，還有——」

「和泉結奈，還有！」

「掘田出流～～各位聽眾再見了～～！」

《馬上退休！神奇少女》的藍光光碟現正大好評發售中。

最後一集的初回生產版收錄迷你劇場《漆黑的雨，眼淚與寶石》。

還附特典妾身手上魔法書的再現版，售價是令人驚愕的四位數——六、〇、三、〇。

那麼，就請各位對我們最後的活躍——拭目以待！

有誰敢不買，天神將對他揮下審判的鐵鎚。

嗚呼，神之子——無論何日，都是孤獨的。

◆

「——嗯，沒錯沒錯。咦？好啊，我問問看喔～」

呼……我聽完了整集節目，正陶醉在餘韻中，身後就傳來說話聲。

我聽見鉢川小姐在和別人講電話。

接著，腳步搖搖晃晃的鉢川小姐——將自己的手機遞給我。

「來，遊一！你的電話～～！」

「電話？等等，妳晚酌是不是喝得太醉了？啊，又是酒精濃度兩位數的酒！鉢川小姐，沒想到妳私生活還挺廢的耶！」

「囉唆……我要先睡一覺～～……」

鉢川小姐硬把手機塞給我，就在房間角落躺下了。雖然說是在自己家，不過這個人也太自由了吧……

算了——總之我先接了電話。

「喂？你好？」

『——我絕對不原諒小遊。』

那是一通……詛咒的電話。

明明和剛才在《愛廣》聽見的是同一個聲音——卻讓人感受到一種連靈魂都要凍結似的可怕的怒氣。

「……我是覺得不太可能，請問是結花小姐嗎？」

『……我是覺得不太可能，跑去久留實姊家裡躲著我偷聽明令禁止收聽的《愛廣》的，是小遊先生嗎？』

「妳……妳怎麼會知道……更重要的是，妳怎麼會知道我人在這裡……？」

『是喝醉酒的久留實姊打了電話給我。』

「為什麼？這個醉鬼是那種連可以說的話跟不能說的話都分不清楚的類型啊！這樣一來，我不就不能再用同一招了嗎！」

『……這就是小遊先生的最後一句話，沒有錯吧？』

一瞬間——腦海中掠過戴著眼鏡的結花臉上冰冷的表情。

但她說話的口氣是居家款。

不是學校結花也不是居家結花，是全新「生氣結花」的登場……讓我背脊發寒。

「可……可是啊，結花，妳冷靜想想看，我是結奈的頭號粉絲——『談戀愛的死神』耶。不准這樣的我收聽有『飄搖★革命』宣傳的神集……我覺得這樣很不妥！」

『……這次真的就是小遊先生的最後一句話，沒有錯了吧？』

「好可怕好可怕！對不起，對不起！我不應該辯解！」

我實在抵不住她的魄力，隔著電話拚命道歉。

結花深深嘆了一口氣——然後大聲說了：

『小遊你這個……超級大笨蛋～～！』

第15話 【沖繩】我是很想在教育旅行玩得盡興啦【第一天】

十一月中旬。

之前一直覺得還早得很的五天四夜教育旅行——來得很快，就從今天開始。

「小遊～～！快點快點～～！」

結花從玄關催我。

「我在檢查門窗有沒有鎖好，等我一下～～倒是結花，妳有沒有忘記什麼東西？」

「不會的！我從昨天就檢查了五次！」

妳是要檢查多少次啦？

從聲調就感受到結花有夠雀躍——讓我不由得笑出來。

我檢查完門窗，走到玄關。

儘管是綁馬尾戴眼鏡穿制服的一貫學校款裝扮……站在那兒的，卻是壓抑不住「期待氣場」溢出的笑咪咪結花。

「結花……妳也笑得太開了。」

第15話
【沖繩】我是很想在教育旅行玩得盡興啦【第一天】

「咦？有……有什麼辦法嘛！畢竟這是教育旅行耶，教育旅行！不用再等睡一覺～～♪已經是教育旅～～行～～♪」

她雀躍到連小學生大概也沒這麼雀躍的程度。

雖然我一樣很期待，結花開心也是好事沒錯。

不過……等到一和大家集合，她大概又會切換成學校款了吧。

「好。那麼，出門吧。」

「嗯！小遊，我們要一起讓這趟教育旅行很開心！當然——店鋪演唱會，我也會努力的！」

沒錯——我和結花正要前往沖繩。

要在這趟五天四夜的教育旅行中全力玩個痛快。

然後，也要參加在第四天舉辦的「飄搖★革命」店鋪演唱會……並讓演唱會成功。

這就是結花的目標。

說要兼顧教育旅行和演唱會，坦白說我覺得她說的事情做起來會有夠辛苦……但既然她說想努力達成，我也只能全力支持她。

因為我是結花未來的「丈夫」。

還是由結花配音的結奈這個角色的頭號粉絲——「談戀愛的死神」。

「唔喔～～！好猛啊！遊一，是飛機耶，飛機！」

「啊哈哈，倉井好好笑～～！都還沒上飛機呢，你也太興奮了吧？」

「二原妳很囉唆耶。有什麼關係，這種事情——開心就贏了！」

我們搭上飛機，等待起飛。

坐在身旁的阿雅和坐在後面座位的二原同學……已經聊得很熱絡。

而坐在二原同學身旁的結花——則面無表情到令人嚇一跳的地步，看著窗外。

妳剛走出家門時的那種興奮跑哪裡去了？

她切換得實在太徹底，讓我都要懷疑是不是同一個人了。

這樣的結花……戴著插在手機上的耳機。

這只是猜測，她聽的多半是——「飄搖★革命」的歌曲。

……如果紫之宮蘭夢處在同樣的狀況下，絕對會取消去教育旅行。

她也的確這麼說過，而且這個信念絕對不會動搖——從她平常與和泉結奈之間的互動就讓人很清楚這一點。

然而和泉結奈——綿苗結花不一樣。
她有著與紫之宮蘭夢不一樣的信念，決心要兼顧教育旅行與演唱會。
之後的結花就懷抱著絕對要讓演唱會成功的抱負，過著每天都去參加表演課程的日子。
她好像還說過教育旅行會減少能參加的課程時間，所以得自己練習。
無論是和泉結奈還是紫之宮蘭夢——我認為兩人都沒有錯。
因為雖然她們兩人的想法相反，認真這一點卻是一樣的。

『——本機即將起飛，請繫好安全帶——』

「喂，遊一！終於啊！我們終於要飛向沖繩那塊土地了！」
「你是小學生嗎……冷靜點啦，我說真的。」
「喂～～綿苗同學～～差不多要飛啦～～……等等，妳手的動作會不會太可愛？」
聽到二原同學指出這點，轉頭一看——發現結花以飛航模式聽著音樂，一邊用手腕打拍子或是小小做出舞蹈動作。
「……佐方同學，你做什麼？不要盯著我看。」
結花一和我對上眼，就拿下一邊耳機，以冰冷的語氣這麼說。

想來多半是在做意象訓練的時候被我凝視，覺得很難為情吧……但看在旁人眼裡，她這對應八成冷淡得嚇人。

二原同學笑著打圓場：「有什麼關係，又不會少塊肉～～」

就在這種昂揚的氣氛中——我們所搭的飛機飛往沖繩。

◆

「唔喔喔喔喔喔！是沖繩耶，遊一！我愈來愈起勁啦！」

「你的確是格外起勁啊……這樣會被當地人用奇怪的眼光看，你冷靜一下啦。」

第一天的小組行動時間。

看著阿雅把《旅行書籤》捲成筒狀胡亂揮舞，在國際通昂首闊步的模樣，我有點敬謝不敏。

你看看結花和二原同學。

她們就沒像你那樣大聲嚷嚷，不也好好玩得很開心嗎？

「令人眼花撩亂的沖繩之旅……等著我們的會是什麼樣的命運呢？這裡也有挺多地方成了動畫迷朝聖的聖地，遊一你也很期待吧？」

「聖地在沖繩的動畫有什麼樣的作品啊……如果是離島，我還想得到幾個。還有就是海灘啦，水族館之類的吧……」

「……要不要我告訴你一些沖繩的當地變身英雄？」

唔哇，嚇我一跳。

二原同學用只有我聽得見的音量突然說出這種很有特攝系辣妹風格的話。

「可不可以請妳不要無聲無息靠過來，在我耳邊輕聲說話？害我嚇了一跳，以為被什麼怪人纏上了呢。」

「因為就你們兩個人聊得很開心啊。也讓我參一腳嘛，畢竟現在是小組行動時間。」

「……好啊，二原，我們一起聊個痛快吧！就來聊以沖繩為聖地的動畫，我會炒熱氣氛！」

「……不，一般應該是要聊觀光吧。雖然聊動畫也行啦，不過應該要先討論午餐要吃什麼之類的吧？」

剛剛在我耳邊說當地變身英雄的人突然說起了大道理。

不過剛才的鬼話就先不說……由於飛機抵達時間較晚，現在已經快下午三點了，想先吃午飯這一點我是同意。

「綿苗同學，有什麼想吃的東西嗎？」

「…………」

阿雅和二原同學聊得正熱絡，我回頭朝結花問了這麼一句，結果——

結花把《旅行書籤》按在嘴上，臉上笑咪咪的，活像是隨時都要哼起歌來。

總覺得連她那雙靠眼鏡的力量變成眼尾上揚的眼睛都笑得太開心而愈來愈下垂。

「……結花、結花，妳自制一下。」

「……嗯？什麼事啊，小遊？」

我靠過去小聲說了，結花就像找到飼主的幼犬一樣眼神閃閃發光。

她明明沒有尾巴，我卻覺得能看見她用力搖著尾巴。

「……阿雅看到會嚇一跳，如果他看見妳露出這種像是在家裡的笑容。」

「……有什麼辦法嘛。人家就是很開心啊。哼～～」

還哼咧。

馬尾&眼鏡的學校款結花鼓起臉頰，我也只覺得有夠不搭。

但結花她……就是真的這麼開心得無以復加吧。

——對我來說，國中的教育旅行是發生在我還在裝開朗角色的那個不堪回首的時代。

當時我得意忘形，以為絕對能和我喜歡的野野花來夢交往……是一段黑歷史的時代。

坦白說，光是想起這段往事，我都想去撞牆。

然而——對甚至無法參加的結花而言，則是連這樣的回憶都沒有。

對結花來說，這次就是她參加的唯一一次教育旅行。

她會比我們更想讓這趟旅行變成開心的回憶……也是理所當然吧。

所以我小聲告訴結花：

「那首先，我們去吃些好吃的東西……作為第一份回憶吧？」

「……嗯！像是苦瓜雜炒啦、羅火腿啦——我們要開開心心吃飽飽！小遊！」

……跟這麼開心的人一起行動。

我也覺得百分之百——會變成一趟很開心的教育旅行。真的。

「哇啊，你們看你們看！是石獅耶，石獅！不知道會不會在哪兒找到石獅的王！」

「我倒覺得石獅不是王族耶。」

二原同學看石獅看得有夠興奮，結花則酷酷地吐槽。

阿雅那傢伙說什麼：「從這裡看得到的景色當中，應該就有那個聖地……！」然後就不知道跑哪兒去了。那傢伙，真的逛得很自由耶……

——這裡是沖繩自古傳承至今的神社。聽說是這樣。

把這裡排進小組行動的行程是出於結花大力要求。

說這間神社是全沖繩著名的靈場。

結花似乎說什麼也想來這裡，為演唱會求個好兆頭。

「咦？倉井跑哪裡去了？」

「妳找他的話，他剛剛突然興奮起來，就跑走了。」

「……喔？也就是說，剩下的只有我桃乃大人——以及情侶檔的兩位了。」

「情……情侶檔！桃桃……是這樣沒錯！是這樣沒錯啦！可是聽妳說出來，就覺得好難為情喔……」

「結結，糟糕，妳太可愛啦～～這樣一來……電燈泡也只能自己讓開啦～～我看我就來一場尋找倉井的桃乃旅程吧～～」

接著二原同學——丟下「兩位慢聊～～」這麼一句話，小跑步離開了。

只剩下……我和結花兩個人。

「……結花，該怎麼辦？」

「……小遊，我們終於可以兩人獨處了呢。」

——不不不，別這樣好嗎？

妳這樣出其不意講出必殺台詞……我的心臟會停的。我說真的。

「眼……眼前還是先去參拜吧？得祈求大後天的演唱會成功才行……」

「嗯！而且都已經能和小遊獨處了……嘻嘻嘻，這裡感覺會很靈驗！」

就這樣，我和天真歡笑的結花一起開始爬著階梯上去。

和穿著制服的結花兩個人一起走在陌生的土地上……有種不可思議的感覺。

——我正想著這樣的念頭，爬完階梯一看。

「……媽媽～～！爸爸～～！在哪裡～～？媽媽～～！」

有個小女孩泫然欲泣，走來走去地徘徊。

年紀大概是國小低年級？看起來是觀光客。

這麼小的孩子在這種地方和大人走散，一定非常不安吧……

「——不好意思～～！有沒有哪位！和一個小女孩走散的～～！」

……結花以響亮得驚人的音量呼喊。

聲音就像沖繩的海一樣澄澈優美。

是我在全宇宙最愛的結奈的嗓音——也是已經聽慣的未婚妻的嗓音。

小女孩似乎也因為事出突然而嚇了一跳，停止哭泣。

結花把手放到這樣的她頭上——開始輕輕摸著頭安撫她。

「不用擔心，媽媽會來的。媽媽不會丟下最喜歡的妳……跑去其他地方的。」

「……真的嗎？」

「嗯，大姊姊跟妳保證。我們一起等一下下吧？」

——我想起剛開始同居那陣子去托兒所當志工時。

後來才趕來的結花就和現在一樣——安撫小朋友，讓他們停止哭泣。

換作是平常的結花，在外頭都很不會溝通，沉默寡言。

然而像現在這樣看到小朋友遇到困難……就會展現出奮不顧身的行動力。

我心想，結花真的——是個心地善良的女孩。

「……小空！」

「啊，媽媽！爸爸！」

想著想著——看似小女孩雙親的兩人朝我們走了過來。

小女孩表情一亮，跑向兩人，緊緊抱住他們

「不好意思，非常謝謝妳！小空……太好了。」

「真的非常謝謝妳。我們是來旅行，結果不小心走散……真不知道該怎麼答謝妳……」

「……哪裡，我只是做了應當做的事。小空，太好了。」
「嗯！謝謝妳，大姊姊！」
接著，小女孩笑著對結花揮手——跟著父母離開了神社。
結花揮手回應，露出鬆了口氣似的笑容……感覺就好像結花才是這間神社的女神。
「……好～～那麼小遊！我們重新振作起來——去參拜吧！」

看到結花以開朗的模樣這麼說，舉起右手意氣風發地往前走——
我感覺到自己無意識間……臉頰放鬆。
感覺這趟教育旅行——會變成最棒的回憶。
我由衷有了這樣的想法。

第16話 【沖繩】不管是水族館還是海灘都有夠棒，令人傷腦筋【第二天】

教育旅行第二天。

我們第一次迎來的沖繩早晨……儘管已經十一月，卻還留有幾分暖意。

順便說一下，這個房間是由我們組以及另一組的男生，合計五個人使用。

另一組的三個男生，坦白說幾乎都是我不曾說過話的成員——不過記得他們三個應該是參加天文社。

雖然彼此不太交談，但都是靜態社團……我想待起來算是比較安全的。

換作是一群運動性社團的同學，又或者是一群輕浮男，我會當場掛掉。

昨天我們在國際通吃了午餐，參拜了神社。

但願今天也可以度過開心的一天——正當我這麼想……

「唔喔喔喔……遊一～～……我肚子好痛啊～～～……」

是同組成員，也是我損友——阿雅，仍然把自己裹在被窩裡，開始發出悲痛的呼聲。

「……你是怎麼啦？」

「就說我肚子痛啊……會死嗎？我會死嗎？可惡，在這種地方……我想活下去，我想活下去啊～～～～……」

他鬧得非同小可，於是我趕緊去找老師們。

接著阿雅——被送去了醫院。

「倉井是怎麼啦？」

「說大概是食物中毒。印象中我們四個人吃的都是一樣的東西……也不知道為什麼只有他食物中毒。」

「應該有些東西是只有倉井吃了吧？就是那種看起來半生不熟，不太能吃，讓我看了都嚇到的玩意兒。」

「啊啊……聽妳這麼一說，的確有啊。」

就這樣。

教育旅行第二天，阿雅……遺憾地脫離戰線。

首先，整個年級都去聽一場演講會。

之後就是小組行動——但阿雅不在，所以就由我、結花和二原同學三個人一起玩。

呃，這……如果當初是和一群不熟的人分在同一組，我大概已經死了。

因為少了阿雅，我實在沒自信能夠維持長時間有話題啊。

……阿雅，你離開了，讓我痛切感受到你的存在有多麼寶貴。

每次都謝謝你啊，阿雅。你一定要活著回來啊。

絕對——不要死啊。

「——佐方，你怎麼啦？看你在發呆。」

「噢，抱歉。我在腦內立阿雅的死亡Flag。」

「什麼意思？」

我胡亂發言，二原同學聽了後歪頭納悶。

但隨即很乾脆地說了一句：「算了，沒差啦！」

她露出滿滿的甜笑——用力抱住結花的手臂。

結花面無表情地看著這樣的二原同學，做出冷淡的應對：

「……妳突然這樣做什麼？太近了吧，二原同學。」

「慢著慢著～結結妳仔細看看四周，這裡只有我們兩個和佐方耶。來，Ｔａｋｅ２～」

「……妳……妳突然這樣抱我，是怎麼啦？這樣太近了，我會難為情啦～……桃桃。」

Ｔａｋｅ１和Ｔａｋｅ２的差別實在非比尋常。

妳因應狀況切換的速度會不會太快？這又不是玩遊戲，一般人沒辦法這樣快速切換角色形象好嗎……

「不過，倉井還真是倒楣啊～～今天明明應該會是整趟教育旅行中特別High的日子耶。」

「可……可是，雖然我也覺得對倉井很抱歉，不過他在的話，我可能會有點太害羞……」

「啊哈哈！結結好可愛喔。可是啊，關於這點，我看佐方也一樣吧？坦白說，以今天來講，你多少也慶幸倉井不在吧？」

「二原同學，妳開什麼玩笑？阿雅是我最好的朋友……我怎麼可能慶幸他不在？」

「即使結結穿泳裝的模樣會被他盯著看？」

「…………我……我怎麼可能慶幸他不在！」

「即使可能會被他一寸一寸看光光？」

「…………唔唔唔。」

這個進攻手法太卑鄙了啦。

被妳這樣問，我當然會說不出話來。

而且什麼一寸一寸看光光？

妳把阿雅當什麼了？雖然我想他大概是會看啦。

——我們三人就這樣一路說笑。

前往沖繩旅行最期待的一站。

在有如藍寶石般蔚藍清澈的……海灘的一天。

◆

「……好漂亮的海啊。看著波浪打在岸邊，就覺得心情很平靜。」

我無謂地自言自語——獨自站在沖繩的海灘上。

我穿著海灘泳褲，露出不怎麼結實的上半身。

一邊聽著海浪聲……一邊努力維持平靜。

我不會因為來到海邊就整個人亢奮起來。

佐方遊一可要冷靜地度過啊。

「喂～～佐方～～！」

……我正試著統一精神，卻聽見辣妹在喊我。

我先大大深呼吸一口氣，然後以海為背景，回過頭去。

我看見的是——二原桃乃，身上還穿著前不久自拍給我看過的那件泳裝。

一套沒有肩帶，讓人搞不清楚是怎麼固定的比基尼。雖然有著很多荷葉邊，造型很可愛……

但二原同學的胸部一點也不可愛。

因為這套比基尼的設計會把乳溝強調得很突出。

而穿上這樣的泳裝，二原同學豐滿的胸部當然——會展現出更勝於平常的魄力。

已經根本不是可愛……是專殺男人的凶器了。

「怎麼樣？來，給你看個性感姿勢！」

「——噗！不不不，不要這樣彎腰來強調乳溝！二原同學妳是想把我怎樣啦！」

「嗯～～……想拿佐方的七情六慾來找樂子！」

「這種像是魔鬼會說的話，妳倒是說得若無其事啊……不要這樣惡作劇好嗎？這對所有男生都有各種不妥，真的……」

「是喔……你們看起來好開心喔～～好棒喔～～真是絕景～～好好好，小遊就是喜歡這種景色嘛～～呿！」

一道像是鬧彆扭的聲音朝著被二原同學取笑的我說話。

還想模仿那由的「呿！」，雖然模仿失敗了。

我戰戰兢兢地朝聲音傳來的方向一看，看見的是——穿著泳衣的結花。

只有我們三個人在，所以是拿下眼鏡、鬆開頭髮的平常的結花。

這樣的她身上穿的……是比基尼款的泳衣。

和二原同學不一樣，肩上掛著細細的肩帶。

暴露的比例並不是極端地高。

卻和今年夏天發表的結奈穿泳裝的模樣（ＳＲ卡）一模一樣。

——完完全全就是正中我好球帶的泳裝。

「……好沒反應喔～～你果然是想說沒有桃桃的巨乳那樣的震撼力吧。」

「我沒說好嗎！我才沒有想那種對妳們雙方都很失禮的事情！」

「呿！」

「學不好就不用模仿那由了！不可以模仿那種壞孩子的行動！」

唉——總覺得臉頰愈來愈燙了。

誰教我真的覺得……臉孔稚氣的結花穿起可愛型泳裝就是那麼好看。

因為太難為情，我不會直說就是了。

當我這樣沉默不語，結花就噘起嘴，由下往上看向二原同學。

「桃桃好壞心～～……妳胸部那麼大，我還有什麼好秀的嘛。」

「呃，我又不是為了來海邊才讓胸部變大的。我平常就是挺著這胸部在過活的好嗎？」

「就是這樣才賊啊～～分一點給我啦～～嗚～～……」

「……噗！啊哈哈哈！還叫我分給妳，妳有夠可愛的啦！結結現在這樣就是最可愛的好嗎？來，妳仔細看看佐方……他不就用實實在在有著性意味的眼光看著妳嗎？」

我突然被辣妹指名，還罵我是「用有性意味的眼光看結花」。

什麼叫「實實在在有著性意味的眼光」啦？實實在在有性意味的眼光，跟不是實實在在有性意味的眼光，這兩者有什麼區別我根本搞不懂。

「小遊……真的嗎？你有沒有好好……怦然心動地看著我？」

「呃……這問題，不能不回答嗎？」

「嗚嗚～～桃桃～～！」

「結結乖……佐方，我說你喔，你就拿出男子氣概好好說出來吧？」

「……這是要我做出怎樣的回答？」

「不就是『我看著結花，覺得有性感的魅力』……這樣嗎？」

「妳白痴嗎！講這種話的傢伙明明就很噁心吧！」

「嗚嗚～～！我果然沒有魅力～～！」

「佐方，你好差勁……」

為什麼啦？

怎麼想都覺得是在找碴，但這樣下去會鬧得不可收拾。

我鼓起勇氣，看著結花的眼睛——明明白白地宣告：

「……結花，妳穿這泳裝，很好看。嗯……非常，可愛喔。」

「……真的？嘻嘻……被小遊說可愛了！」

只是聽到我這麼一句話，結花就一下子露出心情大好的笑容，用力拉扯二原同學的手臂，跟她嬉鬧起來。

二原同學面對這樣孩子氣的結花，伸手在她頭上摸個不停。

「好啦，事情也圓滿收場了……你們兩個，好好在海邊玩個痛快吧？」

二原同學話剛說完——就露出可疑的笑容。

然後不知道從哪兒拿出像是保養品的瓶子。

「結結，在下水游泳前，先塗上防曬乳比較好吧？雖然是十一月，還是會曬到太陽。」

「啊，說得也是……而且又有演唱會，得好好塗才行呢！」

「那麼佐方，好好幫結結塗防曬乳吧？」

「妳給我出題也出得太突然了吧！」

二原同學，妳絕對是從一開始就打算照這樣的劇本推動話題吧。

幫女生抹防曬乳這樣的情境，我只在漫畫或動畫裡看過耶。

「咦，等等，桃桃！要讓小遊幫我塗？」

「那是當然的吧。被塗的人心動，塗的人也心動……這樣不是很青春嗎？這才是真正的教育旅行！」

「沒有這種事吧！塗防曬乳這種事件根本不是教育旅行一定要做的事情好嗎！」

「嗚～～……好難為情喔～～桃桃～～……」

「如果結結不要，我就要讓佐方幫我塗嘍？」

「我要！小遊，請幫我塗！不是幫桃桃！」

結花被二原同學說動，自願被塗。

要是這種時候拒絕，又會回到剛才那種「是因為我胸部小嗎～～！」的回合……我不能不接受。

二原桃乃真有一套，很清楚要怎麼駕馭結花……

——歷經一番風波。

結花趴在我們鋪在沙灘上的墊子上……解開了背鉤。

泳衣輕輕落在墊子上，結花又白又漂亮的背完全露了出來。

結花難為情地把臉遮起來。

二原同學在我身後笑得很開心。

至於我——則把防曬乳擠到自己手上，吞了吞口水。

真的要抹喔……？

「小……小遊……我的背，會很奇怪嗎？」

結花把臉埋在雙臂之間，小聲問起。

不知道是難為情還是不安，結花的身體微微發抖。

「不……不會奇怪啊。那麼，結花……我要抹了。」

「呀！」

等等，不要發出怪聲好嗎？

不要我手放到背上的瞬間就忸忸怩怩——這樣連我都會害臊。

結花的背水嫩、柔軟又溫暖。

而我慢慢地……把防曬乳抹上去。

「嗯喵……呼喵……嗯……」

「結花，安靜一點吧！二原同學，我看還是別抹——呃，人都不見了！」

不知不覺間，二原同學的身影已經消失。

她撮合我們兩個，自己則不發一語地離開……真是不折不扣的英雄作風。

不，實在沒有英雄會製造幫人抹防曬乳的情境吧？而且這也不能讓乖孩子看。

「……好舒服喔。嘻嘻嘻，謝謝你，小遊……」

結花朝我一瞥，有點癢似的笑了。

隨著這樣的話語一起呼出的氣息，感覺好嫵媚。

我實在無法直視結花……快速撇開目光。

「那、那麼，身體側面也塗上防曬乳吧……」

「咦？啊，等、等等！小遊？」

——柔軟。

我的雙手碰到了某種柔軟的東西……感覺是這樣。

……這物體……

是擠到身體側面的胸部。我發現這一點——已經是在結花尖叫之後。

「嗚喵啊啊啊啊啊啊啊啊啊啊！」

後來——被回來的二原同學取笑到死自是不在話下。

第二天的教育旅行也是有夠驚濤駭浪啊……真的。

第16話

【沖繩】不管是水族館還是海灘都有夠棒，令人傷腦筋【第二天】

第17話 【沖繩】就來聊聊晚上在旅館裡發生的狀況吧【第三天】

「昨天搞得我可慘了……真的。」

阿雅一臉憔悴，在我身邊發牢騷。

教育旅行第三天──現在我們小組來到的地方是水族館。

大大的水槽裡有著五花八門的魚，以及巨大的鬼蝠魟。

「我說遊一啊……你也差不多該告訴我啦。她們兩個昨天是穿什麼樣的泳裝？是蘭夢大人以前穿過的那種性感型？還是結奈公主那樣的可愛型？」

「喔，阿雅，你看，有儒艮耶。」

「為什麼你從昨天就一直沒有反應啦！這樣太賊了吧，竟然給我一個人獨占！」

你很囉唆耶。

我才不會說出來。畢竟被你妄想穿泳裝的結花……感覺挺討厭。

「你們在吵什麼啊？倉井，你病才剛好，會不會油門全開得太猛了？」

「……二原，我說啊，告訴我啦……妳昨天穿什麼樣的泳裝？」

「……哇喔，是直球性騷擾。好，我要跟老師說～～」

「等等！等一下，等一下啊，二原！剛剛我是在發呆，不小心說溜嘴——」

二原同學拿起手機走遠，阿雅急忙追過去。

接著，當兩人打打鬧鬧地淡出場景……

「小遊，只剩我們兩個人了！」

眼鏡結花本來在看伴手禮，突然露出滿面笑容，蹦蹦跳跳地過來。

「嘻嘻，桃桃好厲害喔！她說：『我會讓你們兩個獨處，你們就好好約會吧？』……然後就真的變成這樣了！」

「咦？二原同學剛剛竟然是為了吸引阿雅的注意力，才特地那麼做的？」

溝通能力是怪物級的特攝系辣妹好厲害啊。

我已經不知道該佩服還是該傻眼。

我還在發呆，結花就用力拉著我的手，以唱歌似的輕快語調說：

「欸，我們一起去逛店吧～～小遊！這雪花球好可愛喔！」

「喔～～還有海豚跟鬼蝠魟，種類很多耶。」

「這邊的玩偶也很可愛。啊，可是……還是小遊最可愛！」

「不不不！妳拿我跟企鵝玩偶比，我也無話可說好嗎！」

「啊哈哈！……教育旅行好開心喔。」

結花看著粉紅色海豚的雪花球——細細體會著心情般說了。

……但願對結花而言，這第一次也是最後一次的教育旅行能夠充滿開心的回憶。

我由衷這麼想。

而且也覺得似乎已經漸漸成真。

因為我也早就——感受到這是我人生中最開心的教育旅行。

◆

「喂，遊一！我們來打枕頭戰吧！」

「阿雅，你瘋了嗎？現在才七點耶，還沒輪到枕頭戰的回合好嗎？」

連墊被都還沒鋪，只拿出枕頭來，你是有沒有這麼想打枕頭戰？

而且我們和分在同一間房的其他男生又不熟，你是打算怎麼辦啦？

難道只有兩個人打枕頭戰？這不是傳接球，是傳接枕頭……感覺好糟……

「——對了，遊一，明天『飄搖★革命』的演唱會要怎麼溜去看？」

阿雅忽然把臉湊過來，跟我說起悄悄話。

你啊，不要理所當然地講起逃脫計畫。

「溜出去做什麼啦？你有票嗎？」

「是沒有啦……可是，蘭夢大人和結奈公主要降臨到我們在的沖繩這塊土地耶。至少也會想去到附近，呼吸一樣的氧氣吧？」

「你這也太高段了吧。」

如果你知道你說的「結奈公主」是自己教育旅行的組員，大概會嚇到腿軟吧。雖然這也是理所當然。

……他這一說我才想起，明天終於就是演唱會當天了。

不知道結花要不要緊，但願她不要太緊張——

「……打擾了。」

就在這個時候。

敲門聲響起後，立刻有個女生……走進我們男生房間。

綁成馬尾的頭髮，細框眼鏡。

唯一不一樣的也就只有身上不是平常穿的制服，而是浴衣。

她是綿苗結花。

是眼角略顯上揚，面無表情，讓人難以看出情緒的——學校版。

「綿……綿苗同學？」

看到這個意料之外的訪客，阿雅睜圓了眼睛。

其他三人萬萬沒想到來人是綿苗結花，也是一陣譁然。

的確，如果只知道學校的結花……作夢也不會想到她會在教育旅行中來到男生的房間啊。

「佐方同學，可以來一下嗎？」

「咦？怎麼啦？」

「……可以來一下嗎？」

結花不加上任何解釋，只加重了語氣。

不不不，這樣很可疑好嗎？這是教育旅行耶。

照常理推想，看到這種情形——都會覺得是女生來找喜歡的男生表白吧？

絕對會被大家當成這種事件好嗎？

「——遊一。」

我腦子裡正轉著這些擔憂，阿雅就拍了拍我的肩膀。

然後——諷刺地笑了。

「你也真是辛苦啦……看她的表情，你一定要被訓話了。」

「……啥？」

呃。噢……是啦，的確。

結花面無表情抬頭盯著我——看在不知情的人眼裡，大概只會覺得她是生氣地瞪著我吧。

這比招來奇怪的誤會方便，所以我決定眼前就先利用這種氣氛。

「真的假的……呃，綿苗同學，我們要去哪啊？」

「……出去一下。」

「出去？是有什麼事情？」

「……別問那麼多，出來就對了。」

——我們出去單挑啦。

這完全是理智斷線的人會說的話啊。

結花，這是可以想到的最佳解啊。雖然我想她本人一定是什麼也沒想就這麼說了。

……就這樣。

我和結花一起離開了男生的房間。

「所以，結花，是怎麼啦？」

「小遊，這邊！這邊這個房間……現在沒有任何人！」

「……沒有任何人？」

「嗯，所以……我想，在這裡做。」

咦？就我們兩個人，在沒有任何人的房間裡……做什麼？

——呃，難道說……

是要做，那種事？

「……是桃桃告訴我的，說有備用的房間，給身體不舒服的人用。」

「噢……妳說了我才想到，阿雅也說昨天有用到啊。」

進行這種對話的當下，我卻暗自——心臟怦怦跳。

畢竟在教育旅行的晚上，和未婚妻待在沒有其他人的房間裡獨處。

……還好我剛才先去洗過澡了。

——小遊，只屬於我們兩個人的回憶……我們一起來做吧？

說穿了就是這麼回事沒錯吧？

要在教育旅行登上轉大人的階梯嗎……高中二年級，感覺好厲害啊……

「那麼……小遊，我要開始嘍？」

我的腦袋已經無法正常運作。

而結花大膽地……

在只有我們兩個人的房間裡——跳起了舞。

…………嗯？

「咦？呃，這是那個嗎……作為一種求愛儀式？」

「求愛儀式？嗚～～……意思是我技術還很差嗎？那我再來一次，你看著——在明天正式上之前，我會練到完美的！」

「明天才要正式上？那今天要做什麼啦！」

「咦，就是練習啊！因為正式上場——在店鋪演唱會正式上場，是明天啊。」

……店鋪演唱會？

噢，原來是在說這個正式上啊？我的腦袋終於把各種事情都想通了。

也就是說，結花之所以找我來這裡……是要我客觀地看著她為了明天進行的舞步練習。原來是這麼回事嗎？

呃……結花，妳可不可以從一開始就這麼說呢？害我白心動了。

——我重新打起精神。

結花要配合「飄搖★革命」的歌來跳舞。

我看過上傳到官方影片網站的短曲版……感覺和那時相比，她的動作俐落多了。

畢竟結花……相當努力啊。

像大阪公演那時候就弄得精疲力盡，在回程的新幹線上睡翻，還在鉢川小姐家睡了一會。

「……因為是我自己說要兼顧教育旅行的。」

結花跳完一首歌，一邊調整呼吸一邊說。

「無論是粉絲還是蘭夢師姊，我都不能讓他們失望——得好好加油才行。所以，對不起喔，難得可以好好休息……我卻找你來陪我。」

「……不會，無論什麼時候我都會奉陪到底。因為我是結花未來的『丈夫』……也是『談戀愛的死神』。」

「嗯！謝謝你，小遊……『談戀愛的死神』先生！——結奈能努力下去，都是因為有你陪在身邊。所以，我一直很感謝你喔。」

——這句台詞……

是「飄搖★革命」宣傳用動畫短片裡，結奈說的台詞。

可是，這句台詞……由結花來說卻是貼切到驚人的程度。

「無論結奈還是結花……都會努力！所～以～……我們一起歡笑吧？」

◆

——接著，正式上場的日子終於來了。

教育旅行五天四夜當中的第四天，是「飄搖★革命」在沖繩舉辦店鋪演唱會的日子。

這天的沖繩有著萬里無雲的晴空。

感覺就像結花堅定的決心……我隱約這麼想。

今天大致上的流程是這樣的。

①結花前往會合地點，我也同行。

②鉢川小姐開車來接結花，前往店鋪演唱會現場。

③我回來參加教育旅行，和二原同學一起應付阿雅，過完這一天。

④演唱會結束後，鉢川小姐開車送結花回來，要設法天衣無縫地會合。

「那麼，現在就由我去敷衍他，不讓他發現。佐方，你要好好送結結過去。結結……加油！我支持妳！」

「嗯！桃桃，我去去就來！」

在二原同學的聲援下，結花開開心心地擺出握拳姿勢。

「二原同學，謝謝妳幫忙。」

「不，朋友這麼努力，我心中的英雄不會允許我不幫忙的。而且倉井自己把事情搞砸然後被罵，要應付他大概也不太傷腦筋。」

阿雅說到做到，明明沒有票卻打算溜去店鋪演唱會的現場。

而他比我們更早試著從教育旅行的行程開溜——卻輕而易舉地被鄉崎老師發現，目前正被熱烈訓話中。

「趕快去吧，被發現就麻煩了。這邊——就儘管包在桃乃大人身上！」

在這麼靠得住的朋友目送之下……我和結花從教育旅行中開溜了。

我們兩個都用跑的，一路跑到事先和鉢川小姐決定好的會合地點。

「小遊，還有桃桃……謝謝你們。還有，對不起喔……為了我的任性。」

「這不是任性啦。我們也想和結花一起參加教育旅行——而且我也很期待演唱會。」

我牽著結花的手……不經意地想著結奈。

在我落入人生的谷底時，拯救了我的愛麗絲偶像——結奈。

在《愛站》中人氣不是那麼高的她，竟然會像這樣得到一起上場演唱的機會……這是我作夢也沒想到的。

我為了結奈這麼重要的演唱會幫助她——這樣的未來竟然會有到來的一天，我更是連妄想都不曾想過。

「結花，我很遺憾，不能去現場。可是……不管什麼時候，我都會全力為妳加油。為結奈，為聲優和泉結奈——也為綿苗結花加油。」

「嗯，我知道！謝謝你一直這麼支持我，小遊，還有——『談戀愛的死神』先生！」

接著我和結花抵達了會合地點。

時間也剛剛好。

這樣一來，只要鉢川小姐開車來接她，就能在店鋪演唱會開演前抵達，而且時間很充裕。

兼顧教育旅行和演唱會……眼看是能夠做到了。

——我是這麼想，可是……

「……鉢川小姐會不會太慢了?我們已經等了十分鐘以上。」

「不知道是怎麼了。久留實姊要不要緊啊……啊,等我一下喔,小遊。」

似乎正好有人打電話來,於是結花接了電話。

「喂?久留實姊?怎麼啦——咦?車子爆胎,動彈不得?……應該趕不上?」

看得出結花還在講電話,臉色已經逐漸黯淡。

車子動彈不得?趕不上?

這是——相當重大的危機吧?

第18話 【沖繩】推角的聲優總是那麼努力【第四天】

「怎……怎麼辦，小遊……久留實姊的車爆胎了，會趕不上演唱會……！」

「……結花，我們先冷靜下來。太慌張就會急得什麼都沒辦法想。」

這句話不只是為了安撫陷入半恐慌狀態的結花……同時也是說給我自己聽。

為了兼顧教育旅行和店鋪演唱會，最努力的人——無疑就是結花。她這麼努力，一旦遇到不測的事態，會亂了方寸也是當然。

正因為這樣，我——才更得冷靜。

「從這裡搭公車……不對，不行吧。等到下一班公車來的時間，就會趕不上。只能攔計程車了啊……結花，我們到大馬路上！」

我牽著眼眶含淚的結花跑向大馬路。

結花和鉢川小姐努力的時候，我都只能袖手旁觀——什麼忙都幫不上。

新的挑戰帶給結花很大的壓力。

第一次也是最後一次的教育旅行，加上第一次組團開現場演唱會，兩者都很重要，所以……

結花為了兼顧兩者，一直撐著努力到今天。

跟她說說話，送她出門……之前我都只能做到這點小事。

這是哪門子的未來「丈夫」，哪門子的「談戀愛的死神」？

自己的沒用讓我覺得很沒出息。

「計程車……這是為什麼啦。根本都沒看到啊……！」

即使來到大馬路上，放眼看向車道，仍然一輛計程車都沒看見。

是時間的問題嗎？還是說，這條路上原本就很少計程車經過？

「小遊……謝謝你喔。我這樣不按牌理出牌，讓你陪著我……對不起。」

結花說完低下頭，肩膀微微顫動。

——因為我已經決定，在高中創造很多很多開心的回憶……我只是想著，希望小遊可以一起過得開心。

——我會盡我的全力，讓我和蘭夢師姊一起站上的舞台……表演成功！

結花真的不管什麼時候都是全力以赴。

無論何時都那麼認真，無論何時臉上都有著笑容。她真的，真的很努力。

而她的這些努力竟然要以這樣的方式胎死腹中……怎麼可以有這樣的事情？

我說神啊，教育旅行第一天，我們不是向祢祈求過嗎？

……開什麼玩笑。

我可絕對——不會放棄。

雖然我沒出息，靠不住……

哪怕神明不肯伸出援手，我也直到最後——都不會放開結花的手。

「——不好意思～～！有沒有哪位能開車載我們一程～～！」

我平常不太自我主張，希望盡可能活得像空氣一樣……這種行動是這樣的我不應該有的。

可是現在，我顧不了那麼多了。

「小……小遊！你在做什麼……」

「不好意思！拜託，請停車！不好意思！」

結花睜圓了眼睛……是啊，這種事不像是我會做的。

可是，就算這樣……我仍然以幾乎要喊破喉嚨的勢頭，全力朝著車道呼喊個不停。

「不好意思～～！拜託……拜託，請停車！」

──就在這個時候。

一輛車停在我們眼前。

然後，從慢慢打開的車窗玻璃──探出頭的……

「啊！是上次的大姊姊～～！」

……是教育旅行第一天，和家人走散的小女孩。

「不好意思，非常謝謝你們……真的幫了我們很大的忙。」

「哪裡。我們一直連答謝的機會都沒有……所以如果能幫上忙，那就再好不過了。」

「就是啊。我們今天打算把租來的車還回去之後，就要離開沖繩了──所以最後能報恩，真是太好了。」

開車的爸爸和挪到副駕駛座上的媽媽爽朗地笑著這麼說。

出租車的後座坐著我和結花，小女孩則坐在正中間。

「小空也覺得還能見面太好了！」

「……嗯。大姊姊還能再見到妳，也很開心喔。」

「咦？大姊姊——好像不太有精神？」

原本笑咪咪的小女孩歪頭納悶地問起。

我轉頭一看……大概是因為接二連三發生狀況，結花臉上的表情交織著不安與緊張等等的情緒。

「……好～～乖好乖。」

對於這樣的結花——小女孩伸出手，說出這麼一句話，摸了摸結花的頭。

就像她和家人走散時，結花對她做的那樣。

「大姊姊，打起精神！」

「……嗯，謝謝妳。我整個人好有精神了！」

結花說著——啪的一聲輕輕拍了自己的兩邊臉頰。

然後她的眼裡再度燃起了鬥志的火焰。

「啊……蘭夢師姊傳了ＲＩＮＥ來。」

結花說著朝手機畫面一看，微微一笑。

她把螢幕上顯示的紫之宮蘭夢傳來的訊息拿給我看。

『我聽鉢川姊說了，狀況似乎很嚴重呢。可是……妳不是那種說話不算話的孩子吧？我在會場等妳，結奈。』

這番話讓人感受到劇烈壓力的同時……

卻也是信賴和泉結奈這個師妹而等待的——師姊的聲援。

「……真的很謝謝你。多虧小遊，我才不用說話不算話。所以我不會放棄——後面的部分，我也絕對會努力。」

結花先以平靜但堅毅的聲調這麼說。

然後盯著我的臉……露出像是花朵盛開的笑容。

「『談戀愛的死神』先生果然是『神』呢。無論什麼時候都會引領我到光明的世界。」

「……我沒那麼了不起啦。不管什麼時候，結花都是自己在發光發熱。就是多虧了這樣的結花，才有現在的我。」

「如果是這樣……會有現在的我，不也是多虧了小遊嗎？」

——謝謝你，我最喜歡的小遊。

結花喃喃說出的這句話餘音繞樑似的在我的耳邊迴盪。

我是覺得……我能為結花做的事真的沒什麼大不了——

但既然結花能有笑容——那就怎麼說都好啦。

◆

小女孩一家人送我們到店鋪演唱會現場的附近後。

我和結花急忙跑向會場的後門。

「——結奈！遊一！」

結果……我們事先傳了ＲＩＮＥ告知的鉢川小姐朝我們跑了過來。

「鉢川小姐，妳的車還好嗎？」

「嗯，那邊已經安排了業者，在處理了。真對不起你們兩位……因為我在最後搞砸，一定苦了你們吧……」

「哪裡，反而……我才要說對不起！我說了那麼多強人所難的話，結果給妳添了麻煩！」

結花堅定地說出道歉的話語，深深一鞠躬。

鉢川小姐輕輕拍了結花的肩膀，以平靜的聲調問起：

「……說什麼添麻煩，儘管添個夠，因為我是妳的經紀人啊。倒是結奈——今天的演唱會，妳有把握嗎？」

「有的！今天的我，感覺……能完成最棒的演唱會！」

結花笑著這麼說的表情……和剛才在車上見到的那種由不安與緊張交織而成的表情，完全不一樣。

比平常更燦爛、更耀眼——是最棒的笑容。

「那麼，小遊，我……去準備了。」

「嗯，加油。我會聲援妳的。」

接著結花——和鉢川小姐一起前往後台準備。

我目送她們的背影離開後，獨自留在店鋪演唱會的會場後門……決定先傳個ＲＩＮＥ給二原同學。

『二原同學，妳那邊沒問題嗎？』

『那當然！出了什麼狀況嗎？你們花了好多時間呢～～不過沒關係……這邊沒問題！佐方努力去支援結結吧！』

……這朋友還是那麼靠得住啊。謝啦，二原同學。

我鬆了一口氣——茫然仰望會場。

「飄搖★革命」……和泉結奈就是要在這裡舉辦演唱會啊。

雖然我也沒有票，沒辦法去看——但妳要加油。

我會永遠支持妳。

在心中對自己推角的聲優送出這樣的聲援後……「談戀愛的死神」轉身背對會場，走向大馬路。

「——你就是結奈的『弟弟』吧？」

一名女性以清澈得驚人的嗓音……朝我的背影喊了。

當我不由得回過頭去，看見的是……

「紫之宮，蘭夢……」

「你知道我的名字啊？感謝你喔，『弟弟』。」

紫之宮蘭夢——以冷靜的語調這麼說完，慢慢走向我。

一頭及腰的紫色長髮輕輕甩動。

「能見到你真是太好了。多虧你待在後門這邊，如果是在正門，就不能在演唱會前被粉絲們發現……我想我也就不能像這樣走出來了。」

紫之宮蘭夢淡淡地這麼宣告完，妖媚地微微一笑。

為了這次新團體所準備的全新打歌服。大大露出胸部的無袖上衣，配上閃亮亮的裙子，以及遮到上臂的袖套。

整套以紫色為基調的打歌服，只有——脖子上的紅色頸鍊就像火焰似的飄搖。

「……真虧妳看得出我就是她『弟弟』呢。」

「結奈的妹妹也是一樣——大家的『演技』都不高明。換作我，無論是多麼不合常理的戲……我都不會讓『演技』出現破綻。絕對不會。」

紫之宮蘭夢以令人讀不出感情的聲調這麼宣告。

然後——微微一鞠躬。

「首先請讓我道謝。結奈多半也很努力，但也是靠你的幫助吧？感謝你——讓這場演唱會不用開天窗。」

「……我沒做什麼大不了的事情。不管什麼時候——都是結奈自己在努力。」

「你真謙虛呢。」

也不知道哪裡好笑，紫之宮蘭夢苦笑似的放鬆了表情。

接著，她以那像是會把人吸進去的清澈眼眸——注視我。

「……可以問你一個問題嗎？對你來說，『和泉結奈』——是什麼樣的人？」

——不知道這個人看出多少了。

雖然不清楚，但我覺得……對這個人非得坦白說不可。

我感受到這種莫名的感覺——於是真摯地回答她的問題。

「這個嘛，一定要說的話——就是『重要的人』吧。」

「……重要的人。」

只有短短一瞬間。

我覺得紫之宮蘭夢的眼神——有了動搖。

但她隨即變回平常的表情。

「你這話是針對和泉結奈？還是……有更重大的意義？」

「……不只是針對『和泉結奈』。包括日常的她，這一切對我都很重要。平常總是靠她支持我，所以——我也希望多少能成為她的支柱。這樣有回答到妳的問題嗎？」

「…………」

紫之宮蘭夢似乎想說些什麼——但最後並未說出口，用力抿緊了嘴脣。

接著，她突然背對我。

「——這個答案就夠了，『弟弟』。」

接著紫之宮蘭夢一邊走向會場後門一邊小聲說：

「對了……工作人員那邊我會去解釋，你要不要看了我們的演唱會再走？」

「咦？」

紫之宮蘭夢笑了——我有這種感覺。

雖然她沒有再回頭看我。

「多虧有你在，今天的舞台才能成立，謝謝你。我認為這樣的你——有權見證今天的表演。如果不嫌棄……你可以把表演深深烙印在腦海中再回去，看看我和結奈交織而成的——最棒的表演。」

紫之宮蘭夢的身影消失前，我都呆在原地動彈不得。

然後我朝手錶瞥了一眼——拿出了手機。

對二原同學傳了道歉的ＲＩＮＥ訊息。

『抱歉，二原同學，看來還得花上一些時間……那邊就要麻煩妳應付了。』

和泉結奈與紫之宮蘭夢組成的團體——「飄搖★革命」。

她們的表演終於……就要開始。

☆和泉結奈嚮往紫之宮蘭夢☆

……我站在後台，雙手在胸前緊緊交握。

然後——深深吸一口氣。

如果只是閉上眼睛，我的心仍然……只是穿著結奈服裝的綿苗結花。

可是，當我的開關喀的一聲切換——我就會從綿苗結花變成和泉結奈。

「……好！」

粉紅色的長版上衣、格紋迷你裙，以及黑色過膝襪。

不只是服裝，還戴上在頭頂綁成雙馬尾的咖啡色假髮——我已經成為結奈。

我戴了隱形眼鏡，所以就算不戴眼鏡，視力也好得很。

我放鬆肩膀的力道，試著像結奈那樣……微微一笑。

沒問題——多虧小遊，我覺得自己能夠笑得非常自然。

「——結奈，差不多了。」

「哇！」

突然被人從背後拍了肩膀……害、害我嚇一跳耶！

請不要無聲無息冒出來啦，蘭夢師姊。

「兼顧教育旅行和演唱會，看來妳辦到了呢。」

「還沒呢。因為演唱會結束前都不能說已經辦到嘛。」

「……呵呵。的確，說得也是。」

啊，蘭夢師姊笑了！

我好像沒怎麼看過蘭夢師姊這樣笑……是發生什麼好事了嗎？

「結奈，我啊，認為妳有才能。我不太會說客套話……所以這是真心話。」

「咦？謝……謝謝師姊稱讚！被蘭夢師姊這樣說……真的會有點惶恐……」

我有些難為情，一隻手在後腦杓搔了搔，變得忸忸怩怩。

蘭夢師姊以率直的眼神看著這樣的我。

「——之前我提過真伽惠，妳還記得嗎？」

「記得，是蘭夢師姊崇拜的前頂尖模特兒，也是『60P製作』的創社成員之一……對吧？」

「是啊。她的信條是——『站上頂點，就是要擁有捨棄自己一切的覺悟，將人生的一切都奉獻出去』。第一次聽到這個信條時，我……覺得她好厲害，所以我也發誓要像她一樣——不惜捨棄自己，不惜犧牲其他事物，也要持續為了夢想戰鬥，現在……才會在這裡。」

好厲害，這個想法很有蘭夢師姊的風格。

我就是覺得好帥氣。

雖然我說什麼也模仿不了這樣的人生態度……

「可是結奈，妳就不一樣呢。不是捨棄一切，而是懷抱所有重要的事物——發光發熱。」

「……會嗎？我沒有什麼能夠具體化為言語說出來的信條或想法。」

自己說著都笑了。

看在蘭夢師姊眼裡，一定會覺得「太天真了！」吧。

可是——這才是我，所以也沒辦法。

「不過……雖然說起來很含糊，我希望不管是我、我的粉絲，還是我重視的人們……我希望大家每天都過著能夠歡笑的日子。我希望——能努力讓這樣的笑容再多一點。」

「……妳的人生方向和我完全不一樣，可是妳——儘管去走妳相信的路就好。我也不知道最後得到的答案會帶來什麼樣的結果就是了。」

☆和泉結奈嚮往紫之宮蘭夢☆

——不過啊……

蘭夢師姊先加上這句話——然後宣戰似的說了：

「無論妳要走什麼樣的路，我都會凌駕在妳之上。既然我誓言要活得像真伽惠那樣——我就會登上比任何人都高的境界。」

……我一直覺得蘭夢師姊好厲害。

我希望能像蘭夢師姊那樣發光發熱，很崇拜她，真的。

可是——我不是蘭夢師姊。

我崇拜她，尊敬她，可是……我並不是想變成蘭夢師姊。

我要用我的作風好好努力。

為了讓自己多少——能夠更接近蘭夢師姊。

「好了，差不多要開始了。那麼，結奈——今天我們要一起閃亮。」

「……好的！蘭夢師姊！」

於是我把手放到蘭夢師姊伸出的手上。

兩人一起喊話——朝天空舉起手。

「「『飄搖★革命』——舞台開演！」」

那麼，小遊……你要為我加油喔。

因為我就要——上台閃亮了。

☆和泉結奈嚮往紫之宮蘭夢☆

第19話　我的不起眼未婚妻當聲優時有夠閃亮

『ＯＫ，今天就包在我身上！作為答謝，下次你抹防曬乳也要幫我抹喔～～』

這是為什麼啦？

這種謝禮的要求，我真的搞不懂有什麼意義。

不過……今天妳幫了我們很多忙，真的很謝謝妳啊，二原同學。

我一邊想著這些一邊關掉手機電源，抬起頭來。

「飄搖★革命」將推出首張單曲，作為發售紀念──正依序在五個地區舉辦店鋪演唱會。

今天是排在第二場的……沖繩公演。

由於是店鋪演唱會，會場容納不了太多人，但觀眾席已經擠得人滿為患。

拿著螢光棒，穿著《愛站》T恤的同好們以洋溢著期待的表情迫不及待地等著開演。

……如果早知道能夠參加，我也會帶螢光棒來啊。

坐在觀眾席上的我想著這種事情──嘆了一口氣。

不過，這是意料之外的參加，儘管沒能做好充分準備是令人遺憾，但是……坦白說，我很感謝紫之宮蘭夢。

因為本來我應該無法來看這場沖繩公演，現在卻能親眼看到。

對「談戀愛的死神」而言——這是無上的幸福。

這個時候——會場的燈光忽然轉暗。

同好們開始朝著還空無一人的舞台送出怪聲似的聲援。

雖然沒有螢光棒，我仍舉起拳頭，跟上這個趨勢。

「——《Love Idol Dream！Alice Stage☆》。在場的所有人都愛著《愛站》，這樣解釋……可以嗎？」

「當然可以，蘭夢師姊！會場上的所～～有人，都最喜歡《愛站》了！」

「好可愛～～～～！」「蘭夢大人～～～～！」「結奈～～～～！」——我和會場上的大家一起呼喊。

「可是今天，整個《愛站》裡只有我和結奈在呢。」

「是啊。因為今天——是我和蘭夢師姊組團，將演唱會送到這沖繩會場來呈現給大家！」
「沒錯……我要朝著更高的境界起飛，相信這個舞台一定會成為重大的一步。」
「請等一下好嗎！太高了，這樣標準太高了！」

會場上捲起一陣笑聲的漩渦。
我被這種氣氛帶動——也跟著笑出聲來。
加油喔，結奈……我會在這裡一直看著妳。

「那麼，我們差不多要上了。結奈——做好覺悟，站上舞台吧。」
「嗚嗚……蘭夢師姊真是的。被妳這樣說，人家肚子會痛啦。」
「「《Love Idol Dream！Alice Stage☆》——新團體『飄搖★革命』，店鋪演唱會！in沖繩！」」

剛聽兩人異口同聲喊完，兩名天使就降臨到舞台上。
「各位好愛麗絲，我是為蘭夢配音的紫之宮蘭夢。」
紫之宮蘭夢身穿以紫色為基調的性感打歌服，帶得紫色長髮飛揚……深深一鞠躬。

「各位觀眾～～！大家好愛麗絲～～！我是為結奈配音的和泉結奈，還請大家多多關照！」

和泉結奈甩動咖啡色的雙馬尾，穿著粉紅色長版上衣這種可愛風格的打歌服……活力充沛地舉起右手對觀眾打招呼。

「「然後，我們是——『飄搖★革命』。」」

紫之宮蘭夢與和泉結奈兩人再度異口同聲介紹團名。

「飄搖～～！」「把革命也帶給我啊～～！」到處都可以聽見觀眾的呼喊。

「這個團體，本來是從廣播節目開始的吧。」

「是的！聽說是我和蘭夢師姊的談話在網路上話題沸騰！就這樣咕嘟咕嘟地……熬成了這次的新團企畫！」

「……妳覺得自己說得很棒嗎？做出這種發言的時候，妳倒是很有奇怪的膽識呢。從某些角度來看，我還真有些佩服就是了。」

「嘻嘻嘻～～……畢竟這個企畫就是從我這種不按牌理出牌？的發言開始的嘛，雖然我自己講也不太對啦。不過今後我們也會繼續為大家送上各種開心的話題～～！」

「不按牌理出牌的發言……是吧。妳這一說我才想起，掘田姊昨天就很認真地叮囑：『妳們兩個發言時都要多小心啊。』」

——奇怪？

比起平常的《愛廣》，感覺她們兩人對話的節奏比較對得上了。

和平常那種雖然有趣，但要是沒有掘田出流在就會發展到播出事故邊緣的氣氛不同……現在感覺和樂得多。

雖然只是我個人的感想。

但我覺得……這可能是她們兩人愈來愈有默契的證據。

「所以呢！差不多要到演唱會開唱的時間了，蘭夢師姊！」

「是啊。我們開演唱會，是繼大阪公演之後的第二次。我期待會比上次……更熱鬧。」

「就～～說～～了，請師姊不要再拉高標準了啦！我在『飄搖★革命』之前，幾乎不曾參加過現場演唱會……所以有夠緊張的耶！」

「是嗎？那麼，也對……我們就不要緊張，把氣氛炒熱吧。」

「蘭夢師姊，這也是天大的難題好嗎！」

「……那麼，要開唱了。請聽我們『飄搖★革命』為大家帶來的……」

「「——〈夢想絲帶〉。」」

◆

說得保守點，「飄搖★革命」的歌聲……是人世間的奇蹟。

紫之宮蘭夢強有力而冷豔的歌聲，與和泉結奈可愛又開朗的歌聲——演出完美的和聲。

耳朵得到淨化……像是身體都要融化。

不只是這樣。

兩人的表演也相當出色。

雖然比起對現場演唱會已經駕輕就熟的紫之宮蘭夢，俐落的程度差了些。

但或許是因為兩人的節奏完全對上了——舞蹈沒有掉拍。

就像一邊對話一邊交織成故事。

兩人載歌載舞，一步步建立起〈夢想絲帶〉的世界。

「……是結奈。」

沒有誇張，這幅光景……

角色與聲優完美地同調了……甚至讓人覺得是結奈與蘭夢降臨到了三次元的世界。

雖然搞不清楚是怎麼回事，我感覺到自己眼頭一熱——趕緊擦了擦眼睛。

從結花站上舞台那瞬間起，我就沒辦法為她做任何事。

而且結花平常就都是靠自己的力量努力。

這次的演唱會也是，除了大聲呼喊，攔下車前往會場以外——我根本想不到自己有過什麼努力。

可是……和紫之宮蘭夢聊完，我也有了一些小小的發現。

雖然真的是很小的事。

雖然不是什麼大不了的事。

像是對疲憊的結花說聲：「辛苦了。」

或是對努力的結花說聲：「不要太逞強喔。」

偶爾摸摸她的頭。

假日和她一起看看電視，出門買買東西。

像這樣，理所當然般和結花一起度過的日子，無可取代的理所當然的日常——也許多少成了結花的支柱。

因為對我來說也一樣……我能夠感受到這理所當然般的日子成了我的支柱，讓我從受傷而駐足不前的過去踏出新的一步。

——你們兩人從相識之前就這樣……相互支持著一路走過來呢。

我想起了鉢川小姐之前對我說過的這麼一句話。

我在落入低谷的時期被結奈拯救。

而結花也一樣……聽起來是在沮喪但仍不斷努力的時期被「談戀愛的死神」拯救了。

既然這樣——無論相識之前、相識之後，還是以後。

如果我們都能這樣繼續相互支持，過著開開心心的每一天，那就太好了。

搞不好這才是……「夫妻」。

我有了這樣的想法。

「————」

一瞬間，和泉結奈和我完全對上視線。

我想她絕對有發現我在場——但她毫不動搖，目光立刻掃過整個會場。

——她並未對我有特別待遇。

並不因為我是她未來的「丈夫」，因為我是「談戀愛的死神」，就特別優待我。

這件事讓我——開心得不得了。

因為我能切身感受到……結花身為和泉結奈，身為職業聲優，有好好珍惜所有粉絲。

正因為是這樣的妳……我以後也才能一直支持下去。

謝謝妳，結奈——謝謝妳無論什麼時候都帶給大家笑容。

◆

「——以上就是『飄搖★革命』帶來的……」

「——〈夢想絲帶〉！」

看著她們兩人喘著大氣，輪流說話——我送上幾乎響徹整個會場的掌聲。

除了我以外的粉絲們也都朝兩人送出震耳欲聾的掌聲。
紫之宮蘭夢難得露出微笑……看著這樣的會場。
「……謝謝大家。今後也請大家繼續支持『飄搖★革命』。」
接著紫之宮蘭夢──不改臉上的微笑，看向和泉結奈。
她留意到這視線……朝會場露出笑容。

站在那兒的──和以往我所看過的任何一個「綿苗結花」……
和平常隔著畫面看到的「和泉結奈」……
和她配音的「結奈」，都不一樣。
……看上去像是這一切都交融在一起的另一個不同的「結花」。
「今天真的非常開心！以後我們『飄搖★革命』也會非～常努力，所以……如果能讓大家充滿歡笑，那就太令人開心了！」
結花這麼說完，在舞台上露出花朵般笑容的模樣……
迷人得──讓我說不出話來形容。

第20話 【超级好消息】我和我的未婚妻在沖繩的最後一晚……

店鋪演唱會順利結束，我和結花回去參加教育旅行，然而——沒有任何人起疑，反而讓我嚇一跳。

二原同學真有一套，雖然我完全不知道她是怎麼掩飾過去的。

「唉～～～～……我本來好想去聽演唱會耶，遊一～～～……」

阿雅一邊吃著晚飯一邊重重嘆氣。對不起啊……只有我去看。

「欸欸，這魚會不會太好吃了～～？」

「我懂～～這魚棒得以前根本沒吃過嘛～～」

「……哇啊，是真的！沖繩的菜餚果然好好吃喔！」

班上女生在閒聊，結花突然加入。

看到結花變得遠比平常多話的興奮模樣，女生們驚訝似的睜圓了眼睛。

多半是演唱會的興奮尚未消退，不小心露出了本性吧。

結花似乎察覺到了自己的情形——大概是感到害羞，就立刻低下頭，用平常那種冷冷的語氣

小聲說：

「……菜太好吃，我失態了。」

——明天上午，我們就要去機場，離開沖繩。

本來還覺得五天四夜很長……但實際來了以後，覺得轉眼間就過去了。

「哇啊……晚上的海有種神祕的感覺呢。如果是一個人來，可能會怕，可是……嘻嘻嘻，有小遊在，我一點都不怕！」

在沖繩的最後一晚。

我和結花兩個人——手牽著手，走在夜晚沒有人經過的海邊。

二原同學說什麼：「教育旅行的最後一晚，情侶來個夜間約會，這是一定要的吧！」又幫我們行了個方便。真是個多管閒事……又靠得住的朋友。

「欸欸，可以去離海近一點的地方嗎？不可以放開手喔。」

「我才不會放手。這裡這麼暗，不待在旁邊就太危險了吧。」

「……嗯。可是就算不暗，我也希望小遊在旁邊喔。」

——這種話不要用突襲的方式說。

搭配上情境，真的會讓我怦然心動。

接著結花走近海，脫掉鞋子與襪子。

她只把腳尖泡進海水，開心地嘩啦嘩啦踢著水嬉戲。

「教育旅行，真的好開心啊……」

「就是啊。我想我也一輩子都不會忘記——這次的教育旅行。」

接著我們坐在沙灘上。

聽著細浪的聲音，委身於令人舒暢的夜風。

「不過我真的沒想到小遊竟然會來聽演唱會……嚇了我一跳。蘭夢師姊……一定已經發現小遊不是我親弟弟了吧？」

「嗯～……我覺得大概從見面前，她就知道不是親弟弟了。」

紫之宮蘭夢——就是這麼一個讓人覺得深不可測的人。

「……我啊，非常尊敬蘭夢師姊，而且真的……很崇拜她。」

結花坐著將頭靠到我的肩膀上。

喃喃自語似的說了：

「可是，我……沒辦法活得像蘭夢師姊那樣。聲優的工作我也想拚命努力，但小遊我也那麼喜歡，桃桃我也好喜歡，小那和勇海我也好喜歡——我沒辦法從裡面只選一個，雖然這可能是我

的任性。」

「……不會。我認為妳的想法並沒有錯。」

我認為紫之宮蘭夢那種不惜捨棄一切也要朝頂點前進的覺悟非常不簡單。

但是和泉結奈——結花她決心珍惜所有自己喜愛的事物，我認為這樣的覺悟也夠厲害了。

「紫之宮蘭夢以她崇拜的頂尖模特兒為目標，誓言要活得嚴以律己，窮究聲優和偶像的可能性；和泉結奈誓言無論家人、粉絲還是朋友，都要努力讓他們能夠露出笑容。雖然想法不一樣……但兩者都沒有錯吧？」

「啊哈哈。我是沒到能和蘭夢師姊相提並論的程度啦，我還差得遠了……」

「——無論結花覺得怎麼樣，我……都是對結奈『談戀愛的死神』。」

我這麼斷定，然後直視——坐在身旁的結花的雙眼。

「不管什麼時候，我都會支持結花的選擇。只有這一點……絕對不會變。」

「嗯、嗯……謝謝。」

結花難為情地低頭，雙腳也忸忸怩怩地玩起沙子。

感覺就像個小小的孩子……要說她和白天那個讓那麼棒的演唱會成功的聲優是同一個人，簡直像在騙人。

「來，結花。」

「——咦？」

我迅速遞出的……是個大小可以讓結花兩隻手捧著的包裝過的盒子。

結花先睜大眼睛看了看——然後眼神閃閃發光。

「小遊，我可以打開嗎？」

「嗯、嗯……」

妳用那種滿懷期待的眼神看，我壓力會變大啊。

「啊……這個，是我之前想要的！」

盒子裡裝的——是雪花球。

球狀的透明容器裡有粉紅色海豚模型在游動的那個。

「因為在水族館的伴手禮店，妳一直盯著它看……我就想妳是不是很想要。當時我就先買下來，想當成慰勞妳演唱會辛苦的禮物。」

「我喜歡！我最喜歡小遊了！嘻嘻嘻……我太開心了，好喜歡～～……」

不不不，這東西沒那麼大不了好嗎！

我自己都擔心是不是有點太裝模作樣……覺得有些難為情，臉也愈來愈熱。

「那……那麼結花……我們差不多該回旅館了吧？」

「咦，不要。我想再好好看一下禮物～～」

「咦，等等！妳這麼用力拉會——」

我太害臊，起身想趕快回去——而結花還不想回去，用力抓住我的衣服。

所以我失去平衡……倒向結花身上。

「——————啊嗚？」

「…………………咦？」

結果就是——我整個人壓在結花身上。

嘴脣與嘴脣……碰在一起。

「抱……抱歉，結花！」

我急急忙忙從結花身上分開，轉過身去，手按自己的嘴脣。

柔……柔軟又溫暖的觸感……還留著。

「小遊……」

聽到她叫我，我猛一回頭。

——沙灘上，變成鴨子坐姿的結花……

依依不捨地把食指按在自己的嘴唇上。

微微瞇起眼睛……往上看著我。

「小遊你啊，好大膽……可是，感覺好好……」

「不……不是，呃！剛剛那是意外！是意外啦！」

「那……我們再來一次意外？」

「妳在說什麼鬼話？意外不是這種講好了再來引發的事情吧！」

——在夜晚的海邊，有這種令人難為情的互動的高中二年級的教育旅行。

有朝一日，當我們兩人一起回想時……

如果也能變成像雪花球那樣閃閃發光的回憶，那就太好了——我有了這樣的想法。

☆綿苗結花嚮往白色聖誕節☆

『——結花，妳這麼逞強，要是受了傷，是打算怎麼辦啊？多虧有遊哥在才沒事，如果只有結花一個人，我看事情已經弄得慘不忍睹了吧？結花應該要對自己的孩子氣多點自覺——』

「囉唆！勇海是笨蛋～～！」

我實在氣不過，強制掛掉了ＲＩＮＥ電話。

怎樣啦？虧我好心告訴她，說我不管教育旅行還是店鋪演唱會都努力顧好了。

她卻把我當小孩子看待……可惡，明明我才是姊姊。

我趴在客廳的沙發上，雙腳前後晃呀晃的。

結果——手機跳出了收到ＲＩＮＥ訊息的通知。

啊……這次是小那。

『小結，教育旅行玩得開心嗎？我也沒羨慕什麼沖繩，只要小結和哥可以打情罵俏，那就好了。』

——小那一定很想和小遊一起去旅行吧。

她還是老樣子，對小遊不老實。嘻嘻嘻……小那真是個可愛的小姑呢。

我正獨自竊笑——就有人打了ＲＩＮＥ電話來。

……是久留實姊。

『結奈，辛苦了。順利到家了嗎？』

「到了！回來一下子了，現在小遊先去洗澡！」

『這樣啊……兼顧教育旅行和演唱會一定很辛苦吧？離下次店鋪演唱會還有些日子，妳就悠哉地休息吧？』

「好的，我會悠哉地休息！可是我——好有精神！」

『嗯，聽妳說話的聲音就知道了，可是……妳這麼雀躍，是發生什麼開心的事情嗎？』

「嘻嘻嘻～～……想聽嗎～～？」

『……妳絕對是要曬恩愛吧？如果是下班的時候，我會想仔細聽，不過我今天晚點還有會要開……下次再聽妳說喔。』

「晚點還有工作？工作到這麼晚，真的辛苦了……每次都非常謝謝妳，久留實姊！」

我跟久留實姊講完ＲＩＮＥ電話，終於往旁一倒，躺在沙發上。

畢竟現在已經晚上八點多了耶。晚點還要開會……久留實姊，妳要小心別累壞身體啊。

…………啊，說到這個。

再過一個月左右就是聖誕節了嘛！

和最喜歡的人過的第一個聖誕節——哇啊，感覺好浪漫喔。

和小遊同居前，我根本沒有跟男性交往過，所以……想著想著就好心動。明明還是一個月以後的事情。

對於沖繩，我一直很期待去海邊，所以覺得溫暖一點比較好。

——但到下個月，真希望天氣可以變得有夠冷啊。

也許是我少女漫畫看太多，但這畢竟是我這輩子第一次和喜歡的人一起過的聖誕節。

難得有這樣的機會……我就會希望是個白色聖誕節。

然後，我會籌劃一個——讓小遊忘不了的聖誕節！

……對於我這種愛作夢的一面，勇海想必會說「很孩子氣」吧。

雖然我也知道，但有什麼辦法嘛～～……唔。

「——結花，我洗好了。」

呀～～！突然有個白馬王子般迷人的人出現在客廳～～！

這個人，沒錯……是小遊！

明明只是洗完澡，為什麼會這麼性感呢……喜歡。

嗯～～……孩子氣這一點我是有自覺。

但我還是不由得會想著……我要給小遊一個忘不了的最棒的白色聖誕節。

後記

【好消息】本作正在製作將在niconico頻道播放的MV！

非常謝謝各位讀者的支持與愛護，我是氷高悠。

多虧各位讀者的支持，《好消息》也終於邁入第四集！

就如開頭所說，在niconico頻道播出的《伊東健人的「由我擔任主持人的節目，說要為輕小說配上MV耶！」》（暫譯）——《好消息》獲選成為榮耀的第一套作品。

不但有聲優「伊東健人」先生以及其他副主持人與來賓為本作帶動氣氛……我個人更是人生首次參與niconico直播！

由網紅團「家の裏でマンボウが死んでるP（manbo-p）」提供樂曲，在下氷高作詞，製作《好消息》的MV，這樣的計畫……帶來了無數我連想都不曾想過的經驗，讓我惶恐之至。

透過《好消息》，有幸見到各位創作者，讓我感受到自己的世界也在不斷拓展。第一次以職

業人士立場作詞，當然也讓我很緊張——但我希望可以成功地製作出能夠傳達《好消息》魅力的美妙ＭＶ！

接下來是關於第四集。以下內容包含洩漏劇情的部分，還請先從後記看起的讀者留意。

本集中，結花作為「和泉結奈」的一面將在劇情裡占很大的比重。經紀人鉢川久留實首次登場，而在談論和泉結奈時不可或缺的……紫之宮蘭夢，也開始大幅參與劇情。

教育旅行是高中生活最重大的節目。

組團出道，對聲優而言是一大步。

在這兩件大事進行下，結花將露出在校、居家、聲優等各式各樣的面貌……並懷抱著「勇氣」往前邁進。

遊一與結花甜蜜的日常，以及在這日常當中漸漸成長的「未來夫妻」的故事。

如果能讓各位讀者帶著笑容照看他們，看得開心，那就是萬幸了。

那麼接下來是謝辭。

たん旦老師，您為本作畫了以「勇氣」為主題的封面，實實在在象徵著這第四集的內容，讓我非常感動。蘭夢與久留實也都塑造成「除此之外不做他想！」的造型，另外還為本作畫了許多有夠可愛的插畫，真的非常謝謝您！

T責編，我們在niconico頻道也一同參與節目，真的是在各種場面都承蒙您關照了。能和您一起工作，我覺得非常開心，今後也請您多多關照！

然後是在《月刊Comic Alive》畫漫畫版的椀田くろ老師。您的漫畫版作品既保留了原作特色，作為漫畫也非常好看，而且有夠可愛——真的非常美妙，讓我滿懷感謝。非常謝謝您！

參與本作出版與發售的所有相關人士。

在創作方面有來往的各位朋友、前輩、後輩、家人。

以及各位讀者。

氷高是靠著各位的支持，無論何時都面帶笑容投入《好消息》的創作。如果這部作品能繼續讓閱讀本作的讀者也一起面露笑容，我會非常開心。

那麼，期待下一集還能與大家相見！

氷高悠

青梅竹馬絕對不會輸的戀愛喜劇 1~8 待續

Kadokawa Fantastic Novels

作者：二丸修一　插畫：しぐれうい

三名女主角各懷戰略要追求末晴，
沒想到卻在聖誕派對舞台上出現意外發展！

連真理愛都變成意識到的對象後，我決定跟她們三個人保持距離。學生會委託群青同盟舉辦的聖誕派對即將來臨。黑羽在「青梅女友」關係解除後跟我保持距離，白草願意尊重我的意志，真理愛則是設法拉近與我的距離。三人各有因應方式，讓我感到痛心……

各 **NT$200~240/HK$67~80**

三角的距離無限趨近零 1~7 待續

Kadokawa Fantastic Novels

作者：岬鷺宮　插畫：Hiten

我愛上的那個女孩體內住著兩個靈魂——
與雙重人格少女譜出的三角戀愛故事。

在跟秋玻與春珂談戀愛的過程中，我變得搞不懂「自己」了。春假期間，她們在旁邊支持我，陪我一起找尋自我。而人格對調時間逐漸縮短的她們同樣到了該面對自己的時候。跟雙重人格少女共度的一年結束，我得知走向終點的「她們」最後的心願——

各 NT$200~220/HK$67~73

國家圖書館出版品預行編目資料

【好消息】我的不起眼未婚妻在家有夠可愛。/
氷高悠作；邱鍾仁譯. -- 初版. -- 臺北市：臺灣
角川股份有限公司, 2022.11-
　冊；　公分. -- (Kadokawa fantastic novels)
譯自：【朗報】俺の許嫁になった地味子、家
では可愛いしかない。
ISBN 978-626-321-968-7(第4冊：平裝)

861.57　　　　　　　　　　　　111014971

Kadokawa
Fantastic
Novels

【好消息】我的不起眼未婚妻在家有夠可愛。 4

（原著名：【朗報】俺の許嫁になった地味子、家では可愛いしかない。 4）

2022年11月23日 初版第1刷發行

作　者：氷高悠
插　畫：たん旦
譯　者：邱鍾仁

發行人：岩崎剛人
總編輯：蔡佩芬
編　輯：孫千棻
美術設計：宋芳茹
印　務：李明修（主任）、張加恩（主任）、張凱棋

發行所：台灣角川股份有限公司
地　址：104台北市中山區松江路223號3樓
電　話：（02）2515-3000
傳　真：（02）2515-0033
網　址：www.kadokawa.com.tw
劃撥帳戶：台灣角川股份有限公司
劃撥帳號：19487412
法律顧問：有澤法律事務所
製　版：巨茂科技印刷有限公司
ＩＳＢＮ：978-626-321-968-7
